弱虎

酒菜亭強太郎
SAKANADE Shitaro

文芸社

目次

藁つかみ

むかし、摂津の国の山間に小さな村があった。朝の鶏の鳴き声とともに村人の一日が始まり、夕暮れのカラスの鳴き声を聞いて村人は一日を終えた。雨が降ったら炉端で縄を綯(な)ったり、草鞋(わらじ)を編んだりし、晴れたら畑仕事をしたり、わずかだが米も作った。収穫したものは全部自分たちだけのものにせず、一部を鳥や周りに棲む動物たちに残してやった。暮らしは貧しいが、村人の気持ちは優しく、いつも微笑んでいた。

そんな村人の中にちょっと変わった太助という男がいた。変わった男といっても、周りの人やものに悪さをするわけではない。暇ができても三味線を弾いたりサイコロを振ったりするわけでもない。では、何をするのかというと、ただ目をつぶっているだけだ。ところが、太助にはちょっと変わった能力があり、あることに夢中になっているのだ。太助は仕事が一段落するとその場に座ったり、寝転んだりして目をつぶる。そして、自分がしたいことを思い浮かべ、その意識をゆがんだ時空へ放り出す。一瞬にして夢か現(うつつ)か幻かわからない世界に放り出されたその意識は、何のためらいもなく働き、与えられた使命の遂行を楽しみ、時にはお土産を貰って帰ってくる。

この意識の放り出しを、人は空想とか妄想と言うかもしれない。たしかに、まだ経験の浅い頃は、この能力は未熟で、軽いものや小さなものしか意識に持たせることができなかった。例えば、太助は蝶を意識に持たせ、向こうの世界で飛び回って、高い所から見える景色を楽しんだ。また、土竜（もぐら）になって、向こうの世界で土の中にトンネルを掘って迷路遊びをした。また、魚になって、向こうの川や海で泳ぎ回り、時に大きな魚に追われて怖い思いもした。この段階では、この能力を空想とか妄想と言ってもいいだろう。

ところが、場数を踏んで、この能力に磨きがかかってくると、向こうの世界からお土産を貰ってくることもできるようになった。こうなると、無から有が生まれるわけで、この能力を空想とか妄想とかで片付けることはできない。

その年は、梅雨どきには適度に雨が降り、夏は十分に暑く、また台風の被害もなく、豊作だった。村人は、田や畑の神さまに感謝をし、お礼のお祭りをしようと、その準備に精を出した。主だった人たちはお寺に集まって豊作のお礼をし、祭りの進行について話し合った。その中に太助もいた。太助は玄関を入ったところに立てている屏風（びょうぶ）の絵に目を見張った。

屏風には、竹藪（たけやぶ）を背にした虎が描かれていたのだ。太助は虎など見たことがない。大きさがどれくらいか、足は速いのかそれほどでもないのか、どんなものを食うのかなど知りたいことがいっぱいある。

そこで、太助は空いた時間に寝転んで目をつぶった。そして、屛風に描かれた虎の記憶を意識に乗せ、向こうの世界に放り出した。

もちろん、意識にはお土産に生きた虎を持ち帰れという使命が添付されている。しかし、この使命には、持ち帰る虎の強さについては触れていなかった。完成の域に達していた意識の放り出しは、ゆがんだ時空の先から造作なく生きている虎を檻に入れて持ち帰ってきた。

それからの太助は、朝夕決まった時刻になると檻の中の虎に餌を与え、暇ができると檻の前で虎と過ごす日々が日常となった。そんな日が一年を過ぎる頃には、虎は太助とすっかり意気投合していた。虎と心が通じたと確信した太助は、ある日の朝、虎を檻から出してやった。虎はそろりそろりと歩き出し、やがて駆け足になって山の中へ入っていった。

そして、山の中で遊び回って腹が減ってくると帰ってきて、おとなしく檻の中に入った。

すると、太助は阿吽（あうん）の呼吸で虎の大きな食器に餌を入れ、檻の中に置いてやった。このような太助と虎との不即不離の付き合いが続いていくうちに、互いに相手のことばがわかるようになった。太助が「きょうはどうだった」と訊くと、虎は「あけびを食った。うまかった」とか、「兎と駆けっこして勝った」とか返事が返ってきた。

ある日、虎はいつものように山の中に入っていった。すると、虎の目の前の草むらの中から黒いものがにゅっとその顔を出した。やがて、のっしのっしと歩き出し、全身を現した。そいつは目の前に虎がいることに気がつき、ぎょっと目を大きく見開いた。驚いたのだろう。すかさず、尻を少し落とした。

一方、虎のほうも、こんな生き物は見たことがない。姿形が醜いやつは、きっと間違いなく強いはずだ。その上、こいつは黒くて目に殺気がある。とっさにそう判断した虎は戦うことを放棄して、素早く後ろを向き、尻尾を下げて一目散に逃げた。

一方、強いはずの黒く醜い大きな塊は、戦うととても強いのだが、その前にとても臆病だった。虎と遭遇したとき、ぎょっと目を見開き、少し尻を落としたのがその証拠だ。こいつも同時に虎から目をそらし、あっという間に草むらの中に姿を消していた。虎はどこをどう走ったのかわからない。ただ一刻も早く安全な檻に帰りたかった。しかし、気が動転していて、近道を走ったのか、遠回りしたのかわからなかった。帰ってきてからも、しばらくは、はあはあと肩で大きく息をしていた。

虎の様子がいつもと違うので、太助は「おい、どうしたんだ」と虎に訊いた。

虎は喘ぎながら懸命に答えようとするが、黒い大きな塊に出会ったときの恐怖を思い出し、声を震わせながら、アーとかウーとか言うだけでことばにならない。

「まあ、これでも飲んで気分を落ち着かせろ」

と太助は言って、虎用の大きな食器にたっぷりと水を入れてやった。ペチャペチャ音を立て周りに水を飛ばしながら、ときどきウィーと喉を鳴らし虎は一気に食器の水を飲んだ。落ち着いた虎は、目にいっぱい涙を浮かべて、この日の山の中での出来事を何ひとつ省かず理路整然と語り、太助に救いを求めた。

といっても、その出来事は、山の中で見たこともない黒く大きな化け物と出会って怖かったというだけのことであるが。虎の涙の訴えを聞いた太助は、優しくそして静かにその化け物の正体を話して聞かせ、その対処の仕方を教えてやった。

「おまえが出会ったこの化け物は熊という生き物で、黒く大きく、姿形は醜い。こいつの太い前足から繰り出されるパンチは破壊力抜群だ。足の爪は鋭く、どんな硬いものでも簡単に引き裂く。森の王者で、こいつに勝てるものはいない。おっと、ただひとり勝てる者がおった。そのお方は金太郎といって、ここから歩いて一月ほどかかる山に住んでおられる。

金太郎をおまえのボディガードに雇うわけにいかないから、その代わりになるものをおまえにやろう。熊は金太郎を除けば無敵だ。

それくらい強いが、それに負けないくらい大きな弱点がある。それは臆病だということだ。特に金属音に弱い。そこで、金太郎の代わりになるのが熊よけの鈴だ。おまえの首の太さに合った大きさの、熊が怖がるくらいいい音のする金の鈴を村の鍛冶屋に頼んで作ってもらおう。この村の経済活動は低調で、その成長率はゼロだから、鍛冶屋は暇だ。頼んだら二、三日のうちにできるだろう」

これを聞いてすっかり安心した虎は、夕食も食べずに眠ってしまった。

太助が言ったとおり、三日後に村の鍛冶屋に特別注文した虎用の熊よけの金の鈴ができあがった。虎は早速首にその鈴をつけてもらうと、日の光を受けて、その鈴はキラリと金色に輝いた。虎が首を振るとチリンと何ともいい音がした。金色に輝き、チリンといい音がする首につけた熊よけの鈴に守られて安心しきった虎は、意気揚揚と山へ遊びに出掛けた。元気に帰ってきた虎に、太助が「きょうは何をした。どんなことがあった」と訊くと虎は嬉しそうに答えた。

「きょうは金木犀のいい匂いがした」

「ききょうの花が綺麗だった」

「きょうは狐と遊んだ。狸も出てきたので一緒に遊んだ」

このように、虎は毎日を楽しく過ごした。

首の鈴がすっかりつけ慣れて馴染んできたある日、虎はいつものように山の中に入っていった。すると、林の中から、ざわざわと下草をこすりたてる音がした。なんだろうと虎は音のする方に聞き耳を立て、熊なら鈴を鳴らせばいいと、とっさに判断し、さっと左右に首を振った。鈴がチリンと鳴った。

そのとき、薮の中から白い牙を二本つけた細長い顔が現れた。虎と目が合うや否や、そいつは俵のような体についた短い四本足を猛烈な速さで回転させ突進してきた。こいつには熊よけの鈴の音は通用しないんだと悟り、虎は回れ右をして逃げようとした。だが、間に合わなかった。虎のお尻に二つの牙が突き刺さった。ギャーと悲鳴を上げ、虎は十メートルくらい飛び上がった。これがよかった。牙は浅く刺さったところで抜け、致命傷は免れた。

歯をくいしばれば、なんとか走ることはできそうだ。虎はほうほうの体で尻から血を流しなりふり構わず逃げ帰った。尻に開けられた二つの傷穴からまだ血が出ていて痛い。痛くて座れない。といって立っているのも辛い。

虎は檻の中でぐったりと横になって喘いでいた。

畑から帰ってきた太助は、虎の異常に驚き、虎にその訳を訊いた。

虎は熱に浮かされ、弱々しい声しか出せない。そんな虎から何とか事情聴取した太助は、加害者は猪であることを突き止めた。

太助は村の獣医のところへ飛んで行き、事件の真相を簡潔に説明した。獣医は笑いながら診断を下した。

「猪の牙でやられた箇所が尻でよかった。頭だったら即死だった。腹だったら手術が必要になっただろう。尻に開けられた傷穴も浅いようだから、虎の体をベルトで吊り上げてやらなくてもいいだろう。まあ、全治一週間というところだな」

獣医に処方してもらった被害者の薬一式は次のとおりだ。

一日一回　朝服用する飲み薬
一日一回　貼り替える貼り薬
一日一回　被害者の喘ぎが止まるまで服用する熱冷まし

以上、一週間分だ。

太助は、獣医の指示する処方に従って虎にそのとおりまめに処置した。虎の尻の傷は比較的軽傷で、獣医の見立てどおり一週間もしないうちに治った。しかし、虎は狸に教わったわけではないだろうが、檻の中で狸寝入りをしていて、檻から出ようとしない。尻に負った外傷は浅かったが、心に受けた傷は深かったのだろう。猪に尻を突き刺されるという強いショック体験が、トラウマという精神障害を引き起こすこともあるらしい。これを獣医は、ＰＴＳＤ（心的外傷後ストレス障害）と言っていた。

おらのバディの虎がトラウマになったらどうしよう。山の中で嗅いだ花の香りや、見た花の美しさに心を動かす心優しいわが虎が、トラウマになんかなるのは絶対イヤだ。このまま放っておいたら、わが虎はトラウマになり、それが悪化してウマになってしまうかもしれない。虎がウマになるなんて、そんな忌まわしいことは考えたくもない。でも、虎がトラウマやウマになるところはもっと見たくない。かといって、この村には心理療法士はいないし、治療方法の持ち合わせもない。

窮余の一策で、おらの得意技の意識放り出しを使おうか。そう考えたとき、太助ははっと目を見開いたまま固まり、顔から血の気が失せた。あのとき、意識にどういう条件を付けてこの問題の虎を土産に持ち帰らせたのかということを思い出したのだ。最も重要な、虎の強さについての条件が抜けていたのだ。今更、反省してももう遅い。

仕方がないから、現物のこの虎を意識に乗せて向こうの世界に返品し、代わりにイキのいい心身ともに健康な虎を連れてこようか。

いや、待てよ。そんなことをしたら、共に暮らしたこの虎は、向こうに行っても疑似トラウマのままだ。最悪の場合は、ウマになっている。ウマになったら、こいつは絶望するだろうな。ここまで考えて、太助は弱々しく頭を振った。だめだ、おらにはそんな無慈悲なことはとてもできない。悲嘆に暮れていると、天から心に響く声が聞こえてきた。

「どうする。太助」

太助は即座に坐禅を組み、どうしたら哀れな虎が救えるのか静かに瞑想した。

どれくらい時間が過ぎたのだろう。虎救済策に全集中していたので、時間の感覚が消えていた。しかし、ずうっと薄暗いところにいたような気がする。そのとき、周りが明るくなってきて、体が光に包まれていくのを感じた。そして、温かくなってきた体に力が漲ってくるのを感じたとき「これだ！」と声を上げて目を開けた。一瞬、仏の世界に入ったと思ったが、夜が明けて朝の日差しを浴びただけだった。でも、悟りらしきものができたと太助は喜んだ。

瞑想が導いた答は、仏さまにすがるということだ。だが、問題は、どういうすがり方をするのかだ。願いの要点はこういうことだ。

「トラウマの容疑がかかっているおらの弱虎（よわとら）をどうにかしてほしい。どうにかとは、トラウマの容疑を晴らし、以前のように何事もなく檻から出て山へ行き、山の草花を愛で、山の動物たちと仲良く遊ぶ、元の心優しい虎にしてほしいということだ。でも、また熊や猪を見ても決してトラウマを起こさせない心の強さを保証してほしい。それではと一気に強（つよ）虎（とら）にされては、おらの命が危うくなる。だから、少し気の強い猫くらいの強さがいいと思う。要するに、中虎（ちゅうとら）にしてほしい」

こんな要点の長ったらしい願いの文言は、森羅万象の面倒を見ておられる仏さまは「わしは忙しい。こんな長ったらしい願いは、願い下げだ」と横を向いてしまわれるかもしれない。願いの核心の中虎が、中トロに聞こえたら、食いついてくれるかもしれないが、まあ、そんなことはないだろう。そこで、太助は考えた。仏さまを煩わせるほどの長ったらしい願いの文言は、おらが心の中で念じる。

これを意識に乗せて、仏さまのところへひとまず放り出しておく。一方、朝夕この念を込めて「アレ」と唱える。つまり「アレ」と念で包んだ長文の願いを結びつけて、仏さまとの通信回線を接続する。あとは「アレ」を連呼して「仏さま、おらの長文の願いを読んでくれ」という催促の信号を送るだけだ。

これが、おらの立てた作戦だが、仏さまのご都合も訊かないで、いきなりおらの願いを読んでくれと一方的に切り込んでは、いかに穏和な仏さまでもご立腹されるだろう。失礼がないように「仏さま、お手すきですか」とまずドアをノックし「はい、お入り」とドアが開いたら中に入り、要件を話して返事を待つという手順を踏まないといけない。既に「アレ」ということばと「先発部隊で放り出している肝心な長文の願い」は結びついた状態で、仏さまとの通信回線はつながっている。

そこで「アレ」とひとこと唱えて短い信号を送り、仏さまのご都合を訊く。すると、おそらく仏さまは「はい、いいですよ」とおっしゃるはずだ。すかさず「アレ」と唱えて短い信号を送り「お願いがあります」と訴える。

そのとき、仏さまのご機嫌が悪かったら、電光石火でおらの訴えは却下されるだろう。しかし、仏さまは、頭のてっぺんから足の爪先まで全部が慈悲でできている。そのような仏さまに機嫌が悪いときなどあるはずがない。でも、おらの訴えをチョイと指先で摘んで未決箱に入れるかもしれない。未決箱に入れられたおらの訴えは、いつ取り出されるのだろう。まさか、このまま冷凍保存されてしまうことはないだろうな。これは予想外の展開だ。異常事態発生だ。未決箱の中で、あわれ囚われの身となっている「おらの訴え」を早く救出しなければならない。

まず、仏さまと接続している通信回線を一旦切ろう。そして、新たに「アレ」ということばに「未決箱の中のおらの訴え」と「先発部隊で放り出している肝心な長文の願い」を結びつけて、仏さまとの通信回線を接続する。

あとは、ただひたすら「アレ」と唱え続け、通信回線に乗せて、その信号を送り続けるだけだ。おらからの信号を受信した仏さまは、未決箱から「おらの訴え」を取り出すだろう。そして、事務的に「長文の願い状」を取り上げるだろう。

しかし、ここで仏さまははたと動きを止め、人差し指を額に当て、考慮時間に入るだろう。

ここまでの展開は、おらは初手から読んでいる。読めないのは、仏さまが次の一手を指すまでの時間と、その手がどんな手かだ。

仏さまの考慮中も信号はまだ、ピーピー鳴っている。問題は、この考慮時間の設定だ。どれくらいが妥当かだ。はっきり言うと、何回「アレ」と唱えたらいいのかということだ。答を知っている仏さまに訊くのがベストだが、それはカンニングするようなものだし、同時にこちらの手の内を明かすことにもなる。

もっとある。相手に借りをつくることになり、おらの大事なプライドに傷がつく。これではおらまでトラウマ予備軍になってしまう。

これは最悪のストーリーだ。気を取り直し、下手な考えを続けることにする。下手な鉄砲のように唱える回数を多くしたらどうだろう。

それでは、正解の回数に当たる前に口が疲れるし根気も続かない。

では、当てずっぽうで決めようか。それでは当たるのか、当たらないのか、八卦（はっけ）で占わなければならない。

それでは、どうしたらまことの回数が見つかるのだろうと考えていると「嘘から出たまこと」というフレーズが頭に浮かんだ。しかし、嘘はしょせん嘘だ。嘘八百と言って、控え目に数えても八百くらいある。ちょっと待てよ。嘘八百から嘘を取ったら、残った八百は嘘がない八百になる。よし、決めた。「アレ」と唱える回数は八百回としよう。

このように熟慮した結果、朝と夕「アレ」と唱える回数を八百回とした。こんな決め方でいいのかと心配なところはあるが、これくらいのことは、仏さまなら大目に見てくれるだろう。

通信回線でひっきりなしに飛んでくる短い信号に促されて、仏さまはおらの得意技で届けた長文の願いを読んでくれるかもしれない。

読んでくれたら、まず第一関門突破だ。作戦大成功だ。おらができるのはここまでだ。ここから先は仏さま次第だ。長文の願いを読んでおしまいにするのか、それとも何らかの行動を起こしてくれるのか、それは誰もわからない。

太助にはもう打つ手はないのか。万事休したのか。打つ手がなければ指す手の方はどうだ。しかし、そのような心配や励ましは太助には無用だ。太助はどこまでも往生際が悪い。

簡単には投了しない。

そして、もうこの戦いは引くに引けなくなっている。何としても勝たなければならない。仏さまに弱虎を救ってもらうのが本道だが、ここでちょいと片目をつぶって、仏さまに内緒で、神頼みという保険をかけておこう。

なあに、ちょっとした最後の悪あがきだ。

日本には八百万(やおよろず)の神さまがいらっしゃるという。こんなに多くの神さまがおられるなら、その中には戦いに特化した神さまもいるだろう。その戦いの神さまに、戦いに勝つ秘訣、つまり勝運を開いてもらい、その勢いに乗っておらの作戦を勝利に導いてもらおう。それは取りも直さず、わが弱虎を中虎にレベルアップさせることでもある。八百万という数は、嘘八百の一万倍という気の遠くなるような数だが、保険の掛け金と思えば文句は言えない。

仏さまに軸足を置き、浮いた方の足で神さまに保険を掛けるという、何とも贅沢な、また何とも不埒なおつとめではあるが、それから後も太助は朝と夕、アレ、アレ、アレ……と八百回唱え続けている。

それは、八百人の子供が、八百万の神さまと雪合戦をするようなものだ。中には剛速球を投げる子供がいたとしても、その手から投げられた雪玉は、すぐに重力に負けて、一番近くの神さまにも届かないだろう。だが、そのとき、神風でも吹いてくれたら、その風に乗って神さまの誰かに当たるかもしれない。

それが大当たりで、戦いの神さまだったと期待するかもしれないが、その確率は、富札が当たる確率よりずっと低い。

それでも、仏さま、グッジョブ！　の「ひょっと」と、戦いの神さまに、神風が運んでくれる雪玉が当たる「偶然」に一縷の望みをかけて……。
そのような、雲をつかむような、藁をもつかむような、つかみごたえのない願いが、果たして叶えられるのか。

そして、トラウマの容疑がかかった弱虎が、気の強い猫くらいの強さの中虎になれたのか、誰も知らない。
でも、この波乱万丈の弱虎の噂が、この村を越えてじわじわ広がっていき、いつの頃からか、この村が弱虎村と呼ばれるようになった。また、この悲しい物語が人々の口から口へと語り継がれていき、それが「藁つかみ」という名の民話となって弱虎村に残されている。そして、この民話「藁つかみ」から、クライマックスの場面を取り出した民謡が、今でも次のように歌われている。

朝夕
アレと唱えていると
勝運が開け

アレが
龍の背に乗って
やってくる

この物語を閉じる前に、失礼を承知でお訊きする。この民謡の最初のアレが何を指し、最後のアレが何なのか、おわかりですか。

そして、結局、虎はどうなったのでしょうか。

黄金仮面と中華鍋

いつだったか、お話ししたように、太助と虎は仲良く平和に暮らしていた。いつものように虎は山に遊びに行った。少し前に熊に出会って怖い思いをしたので、首には熊よけの金の鈴をつけていた。これで鈴の音の嫌いな熊への備えは万全だ。ところが、藪の中から顔を出したのは猪だった。猪は熊より頭の構造は単純だ。戦うことしか知らない。目の前に現れたものは、熊だろうが、虎だろうが何だって構わない。ただ猛然と突進してくる。鈴なんか鳴らしても何の意味もない。尻を向けて逃げようとしても決して許さない。猪の牙で尻を突(つっ)かれ十メートルも飛び上がった虎は、ほうほうの体で逃げ帰った。尻の傷は幸いにも比較的軽傷だったが、心に受けた傷は深かった。これがもとでトラウマという精神障害を引き起こしたら、この虎の未来は真っ暗だ。太助は何とか元の元気な虎に戻してやりたいと仏さまに朝夕お願いした。また、神さまにも雪合戦をして勝運を開いてもらうように働きかけた。

このように、太助の気持ちは一途であったが、一方的なものでもあった。べつに往復葉書をやり取りして、仏さまに「はい、わかりましたよ。何とかしてあげようね」と目が垂れるくらい微笑んでもらったわけではない。また、豆絞りの鉢巻(はちまき)をして、それに日の丸を描いた扇子を広げて差した神さまが、軍配うちわを振って「合点だ。まかしときな。勝利を導いてやるぜ」と約束してくれたわけでもない。太助はただひたすら雲をつかんでは仏さまにすがり、藁をつかんでは神さまに祈ることしかできなかった。ここまでが、この前のストーリーのおさらいだ。

太助がいつまでも辛抱強く雲や藁をつかんでいてくれたなら、虎も太助もゆったりした穏やかな時の流れに身を任せ、仏さまと神さまの見えない沢山の温かい手に包まれて、なるようにしかならない幸せな日々を送っていただろう。しかし、太助はじっと辛抱強く待つことができなかった。そのため、虎や猪、それに熊が、どのような運命に翻弄されていくのか。

その前に、名無しの権兵衛のままではあまりに気の毒なので、ここで名前をつけておくことにする。まず、虎の名前は虎三だ。可愛らしく「トラミ」と呼んでもいいし、心安く「トラサン」でもいいし、強そうに「トラゾウ」と言ってもいい。また、場面によって使い分けても一向に構わない。次は猪だ。名前は猪吉とする。「イノキチ」と呼んでくれ。最後は熊だ。こいつには熊半という名前をつけてやろう。呼び方は誰が言っても間違いようがないだろう。「クマハン」だ。この変な名前をつけたのには深い訳がある。それは最後の土壇場で明らかになるが、勿体をつけずに個人情報を公開する。こいつは半端な場面で突如として登場してきて、半端でない仕事をするからだ。

前置きはこれくらいにして、早速、本論に入ろう。檻の中でしおれている虎三を見ると、太助は心配になった。このままずっとこんな状態が続いたら、虎三はどうなってしまうのだろう。間違いなく生活習慣病になるだろう。

具体的に言うと、運動不足だ。ロコモティブシンドローム（運動器症候群）を患うのは時間の問題だ。もちろん、コレステロールや中性脂肪などの脂質異常が起こるだろう。血圧にも異常をきたし、肥満にもなるだろう。早い話がメタボに片道切符で一直線だ。虎三はトラウマを抱えた上に、各種健康数値が軒並み異常値だ。その上、寝たきりだ。こうなってしまったら、虎三はもう獣医からも見放され、まさに神も仏もない暗黒の世界に置いてきぼりにされてしまう。太助は、こんないい加減な観察とおおげさな見立てをして、ひとりで大騒ぎをし、半分は大真面目な、半分は常軌を逸したアイデアを単なる思いつきでペロリと出した。この煽りをくらうのは、虎三と猪吉と熊半だ。悲しいことに、彼らは太助よりもっと頭が弱い。そんな彼らは、いともたやすく太助のアイデアに操られ翻弄される。その結果、どんな目にあうかも知らず、全力でベストを尽くす。この彼らの滑稽でひたむきな奮闘を笑わずに温かく見守ってほしい。

太助のアイデアというのは、次のような経緯で出された。太助は、虎三が獣医に匙（さじ）を投げられたらもうおしまいだと思った。獣医からその匙を取り上げるためには、虎三に正しい生活習慣をつけさせることだ。そのためには、虎三に安心して山に遊びに行ってもらわなければならない。そこで、どうしたら虎三が安心するのかと太助は考えた。そうだ、猪吉に出会って牙で突かれても痛くないようにしてやればよい。太助は、虎三の尻に椅子の形をした鎧（よろい）をつけてやることにした。さすがにこのままだと、猪吉の牙からの防御には最適だが、大きな欠点がある。それは、虎三が歩くたびに尻から突き出ている椅子の四本の足がぶらぶら揺れることだ。体全体のバランスが崩されて歩きにくく、横道に逸れそうになる。それに格好が悪く世間の笑い者になる。それで、足の無い椅子を、材質はチタンで、村の鍛冶屋に注文した。

　できあがった鎧を虎三の尻につけてやると、とても軽く歩きやすいと虎三は喜んだ。

「この鎧はチタン製だから、猪吉が牙で突いてきても穴は開かないから安心しろ。ただし、猪吉が突進してきたら、決して体を横に向けるな。向けるのは尻だ。怖かったら、そのまま逃げろ」

　このように、太助は虎三に言い聞かせた。

　虎三は軽くて快適な鎧を腰につけ、山に向かって歩き出すと、日の光を受けて、尻に垂れたチタンの鎧が鈍く銀色に光った。この鎧をつけていると、風の向きと速さが体全体で感じられる。向かい風だと足取りが重くなり、速度が落ちる。追い風だと楽に歩けるし、速度も上がる。これは便利な鎧だ。猪吉の牙から尻を守れるし、風向計と風速計の役目も果たしている。更に頭に皿でも載せたら雨量も測れる。そうすると、ボクは歩く気象観測機だ。虎三は喜んだ。猪吉の牙で尻を突かれたときは痛くて泣いたが、良いこともあるんだと思った。

太助が設計し村の鍛冶屋が作った鎧を尻から垂らして歩くだけで、畑仕事に必要な気象情報を太助に知らせることができると虎三は嬉しくなった。

その隙を突くように、目の前の藪がガサガサと鳴り、猪吉がぬっと顔を出した。あっひーと悲鳴を上げ、太助に言われたとおり、虎三はチタンの尻を猪吉に向けた。生身の尻だろうが、垂れたチタンであろうが、そんなことはどうだっていい。俺は兎（と）に角（かく）、突進したいんだと、猪吉は猛然と牙を突き立てた。

カーンと小気味のいい音を残して、猪吉の前からチタンの尻を向けていた虎三の姿が消えた。猪吉はそのまま目をぐるぐる回して固まっている。おそらく脳振盪を起こしているのだろう。

一方、虎三の方は、地面すれすれの低空飛行で飛ばされている。しかし、虎三の姿は見えない。見えるのは、地面に垂直に垂れているチタンの鎧だけだ。さすがにチタンだ。猪吉の牙で突かれても傷ひとつない。まっさらのチタンの板が、日の光を反射して銀色に鈍く光りながら弾丸ライナーで飛んで行く。なぜ、こんなことになったのか説明する。

猪吉は、猛烈な速度で突進してくる。これは、ゴルフ道具の一番ウッド、つまりドライバーみたいなものだ。一方、突かれる虎三の尻に垂直に垂れているチタンの鎧は、ゴルフボールみたいなものだ。それもチタンでできたゴルフボールだ。

これを叩くドライバーのヘッドが、猪吉の牙だ。これが何のためらいもなく思いっきり勢いをつけて、真っ直ぐ水平に突いてくる。

理想的なヘッドの軌跡だ。しかも、ロフト角は小さい。インパクト時のヘッドの運動エネルギーは、カーンという音に変わった僅かなエネルギーのロスが生じただけで、大半の運動エネルギーがチタンのゴルフボールに伝えられる。つまり、チタンの鎧を尻に垂らした虎三が飛ばないわけがない。虎三は、チタンの鎧と共に理想的なストレートの高速・低弾道の軌跡を描いて軽く百メートルは飛ばされている。この状態では、地面に落下するとき、虎三に受け身をとれと言っても、それはどだい無理な注文だ。いきおい、虎三は顔面制動することになる。ズズズズ、ピープチ、ズズズ、ピープチ、ズズ、ピープチと音を立て、顔面制動がかかる。土煙が舞い上がり、巻き込まれた風が、それを前方へ押し流していく。

その中で、何かが動いた気配がした。

猪吉は、目を凝らして、それが何かを見ようとした。視界が開けてきたとき、弱々しく虎三が頭を上げた。そして、ゆっくり後ろを振り向いたとき、固まっていた猪吉は、何か縁起の悪いものでも見たように目を点にして頭を振っている。脳振盪をさまそうとしているのかと思ったが、そうではなかった。開けた口から涎を垂らしている。小便もちびっている。顔面は蒼白だ。あの知能指数の低い猪吉が怖がっている。

それもそのはずだ。虎三の顔は、もはや虎ではなかった。なければならない立派な髭はすべて消えており、顔からは毛という毛は無くなり、産毛まで無くなっている。顔は更地のつるつるだ。顔面制動したときの、ズズズという音は顔を地面に擦っている音で、ピーという音は髭が地面に引っ張られる音で、プチという音は髭が根元から引きちぎられる音だったのだ。この顔は、もう誰が見ても立派な蛇の顔だ。それも蛇の王様の顔だ。

猪吉はそのとき、思わず、土の虎と叫んだが、慌てて、ツチノコと訂正した。

一方、飛ばされた虎三は、一体何が起こったのか訳がわからず、つるつるの顔には何の表情もない。まさに茫然自失で、もうこれ以上長くできないというくらいに体を長くしてのびている。もし、虎三がゴルフというものを知っていたら、自分がどんな目にあったのかはすぐ飲み込めただろう。悲しいことに虎三は何の知識もなく、またこの現象を解明する知能もない。そこで、記憶を辿ってみることにした。尻に大きな衝撃を受けた。そのとき、カーンといういい音がした。そのあと、何もしていないのに地面すれすれに飛んでいた。気がついたら、エステに行ったわけでもないのに、顔がつるつるになっていた。自慢の髭は全部無くなっていた。そのとき、猪吉が、ツチノコと言ったような気がした。でも、不思議だ。顔が全然痛くない。ヒリヒリもしない。なぜだろうと思って周りを見た。落下した所は、一面がゴルフ場のバンカーに使われるような良質な砂地だった。自分の後ろには、落下したときにできた窪(くぼ)みがあり、そこから十メートルくらいの滑った跡が一筋ついていた。この良質な砂地に落下したのが不幸中の幸いだったと知った。

歩きながら、もう一度、記憶の断片を辿り、事の真相を探ってみた。猪吉が出てきたので慌てて尻を向けた。その尻に大きな衝撃を受けた。カーンといい音がした。しかし、痛くなかった。

これだ。痛くなかったから、何が起きたのかわからなかったんだ。そうだ。猪吉の牙に思いっきり突かれたんだ。やっぱり痛みを感じないと真実が見えないものだなあと虎三は悟った。

すっきりした顔で帰ってきた虎三を見て、太助は驚いた。すっきりした顔をしているのは、虎三が悟ったからであり、太助が驚いたのは、虎三のつるつるの髭無しの顔の方なのだ。おまけに、尻のチタンの鎧も何ひとつ傷が無く、つるつるのピカピカだ。これでは、ちょっと見ただけでは、前か後ろかわからない。

「虎三よ、おまえは次から次へと問題をつくってくれるなあ」

太助は笑うしかなかった。太助に笑われて、虎三は、猪吉が言っていたことを思い出した。

たしか、ツチノコと言ったよな。

「ツチノコって何だろう」

虎三は太助に訊いた。

太助はつるつる顔の虎三を労るように、ゆっくりと丁寧に答えた。

「ツチノコというのは伝説の蛇のことだ。猪吉はおまえを思いっきり突き飛ばしたことを少しは悪いと思ったのだろう。普通なら、おまえのその顔を見たら、ただの蛇だと言ったり、せいぜい青大将くらいのことしか言わないだろう。おまえに気を使って、少し色をつけてツチノコと言ったんだろう。そのことばをありがたく頂戴しておけ」

虎三は太助の説明に納得し、上機嫌で頷いた。

「もう猪吉の牙に突かれても、チタンの鎧のお陰で少しも痛くないし怖くもない。それに、とてもいい第二の名前をつけてもらった」

虎三は、つるつるの顔にえくぼをつくった。

そんな虎三の様子を見て、太助はふと不安を感じた。虎三のやつはまだ自分の顔がどうなってしまったのかわかっていない。もし、川で水を飲もうとして、水面に映った自分の顔を見たら、驚愕するだろうな。驚愕するだけで済めばいいが、ツチノコを知らない虎三は、これがツチノコかと絶望するだろう。そう思った太助は、村の鍛冶屋に頼んで虎用の黄金の仮面を作ってもらうことにした。もちろん、目と鼻と口はあけた仕様だ。この黄金仮面をつけてやったら、虎三が見ても、他の誰が見ても、虎の王様というのは無理かもしれないが、立派な虎の戦士には見えるだろう。

太助は既に村の鍛冶屋に大金をはたいて、黄金の鈴とチタンの鎧を作ってもらっている。その上、今度は黄金仮面の追加注文だ。だが、どれくらい金がかかろうとも、これは大事だと思ったことには金に糸目はつけない。

これが太助の金の使い方だ。

ところが、銭勘定のできない虎三でも、その支払い方法を心配した。

そんな虎三の心配そうな顔に、太助は知らん顔をして、こう呟いた。

「さて、これで一安心だ」

ところで、虎三に重くのしかかるトラウマの容疑はまだ晴れていない。幸い今日は何とか虎三の容態は安定している。猪吉の猛烈な突進を受けても、首が鞭打ち症にならず無事だった。しかし、このままでは、この先何回も猪吉に飛ばされるだろう。そして、そのときの落下地点が、いつも砂地とは限らない。

林の中や川の中、谷底にでも落下したら、ＯＢでゲームセットだ。ゲームを続けるためには、虎三が高速・低弾道で飛ばされないことだ。では、高速・低弾道になるのはどうしてか。それは、尻から垂直に垂れたチタンの鎧に、猪吉の二本の牙の先が、それぞれ一点で衝突するからだ。つまり、疾走する猪吉の全体重が乗った強烈な運動エネルギーが牙に集中する。それが更に牙の先のごく小さな面積で一挙にチタンの鎧に伝えられるので、その変換されたエネルギーは破壊的に増大されるのだ。では、どうすればいいのか。ヒントは電気のアースだ。

牙の先に集積された破壊的なエネルギーを、アースのように地面の方へ滑るように逃がしてやればよい。そのためには鎧の形状に工夫がいる。平らな板の形状では駄目だ。虎三の尻につける鎧だから、尻の丸みに沿った形状にすると無理がないし、物理的にも理にかなっている。では、フライパンはどうだろう。

一応、虎三の丸い尻を覆うことはできる。

しかし、フライパンでは底が平らだし、全体に厚みがあるから不十分だ。底が丸く厚みが薄いものといえば、中華鍋だ。

これが理想の形状だ。これをチタンで作れば丈夫だし、軽くてつけ心地もいいだろう。大事なのは、中華鍋の内側でなく外側の丸みと滑らかさだ。丸くそしてつるつるに仕上げて、牙の先との摩擦係数をゼロにすれば、衝突エネルギーを点から逃がし、牙の反り返った線で受け取ることができる。これで追突の衝撃が減衰できるから、虎三の首の鞭打ち症の心配はしなくてよい。

さらに、牙の先を滑らせた後、中華鍋の外側の丸みが、猪吉の牙の反り返った曲線とぴたりと一致したら、虎三の打ち出し角度、つまりロフト角は理想の大きさになり、高弾道の飛行が期待できる。

つまり、ゴルフに例えるとこういうことだ。

垂直に垂れた板状の鎧だと、ロフト角の小さいドライバーで思いっきり引っ叩いたことになる。虎三は高速・低弾道で飛んでいくしかない。

では、中華鍋型の鎧ではどうなるかというと、ロフト角の大きいサンドウェッジで思いっきりしゃくり上げたと思えばよい。虎三は上方へ飛ばされる。ゴルフの場合は、サンドウェッジを力一杯振り回しても、球の手前の砂ごと球を打つので、球は高く上がってもそんなに距離は出ない。

よし、この中華鍋型の鎧も、村の鍛冶屋に頼んで作ってもらおう。

「おらはこれまでずうっと悪あがきばかりしてきた気がする。でも、これで仏さまと神さまに虎三を何とかしてもらうまでのつなぎとしては万全だろう。悪あがきはこれで打ち止めだ」

太助は、ほっと一息ついた。

注文の品物が届くまで少し日数がかかったが、いずれの品物も非の打ち所がない見事な仕上がりだった。早速、これらの品物を虎三につけてやった。髭の無いつるつるの顔は、金色に輝く黄金仮面に変わり、しょぼけた尻は、張りのある鈍く銀色に光る中華鍋で逞しく生まれ変わった。弱く頼りないおらの虎三を、外見だけでも悪と戦う勇ましい戦士にしてくれた村の鍛冶屋の匠の仕事に、太助は親指を立てて称えた。虎三もその気になって、猪吉との立ち合いに勇躍、いつもの山へ出向いた。

一方、猪吉は虎三に果たし状を送りつけたわけではないが、気も頭も弱い虎三は、きっとまたここに来るものと決めつけていた。いつもの藪の中で猪吉が潜んでいると、能天気の虎三がキラキラ光りながらやってきた。キラキラ光っていようが、くすんでいようが、そいつはあの虎三に違いない。

猪吉は四本の短い足で地面を蹴ろうとしたが、とっさにその動きを止めた。そして、頭を横に振り、そのあと縦に振った。

魔が差したというのか、猪らしからぬことを考えたというのか、この前、虎三をふっ飛ばして、やつの許可も取らず、顔をつるつるにしたことを思い出したのだ。そこで、何はさておき、まず、その非礼を詫びよう。戦いはその後だ。こんな馬鹿なことを一瞬考えたが、即座に打ち消した。誇り高い猪が、そんな仏心を起こしてどうする。ここは心を鬼にして、というより猪にして、全力で突進するだけだ。と、こんなことを、足にブレーキをかけたその一瞬で頭を横に振って考え、縦に振って決心した。思考の切り替えの早さ、行動の速さ、後のことは一切考えないというのが、生き延びるための猪の、たったひとつの知恵だ。

一方、虎三の方は危機感が全くなく、油断のしっぱなしで隙だらけだ。それに、学習の仕方を知らない。できるのは逃げることだけで、そのほかのことは全て、太助に頼りっぱなしだ。

いつもの場所で、いつもの猪吉と出会うのがこれで三度目なのに、今回もいつものように、あっひーと悲鳴を上げ、いつものように猪吉に尻を向けた。そこへいつものように猪吉が全速力で突っ込んできた。

いつもと違うのはここからだ。

虎三の顔は黄金仮面に覆われて金色に輝いている。尻の鎧は足の無い椅子から中華鍋に変わっていて鈍くチタン色に光っている。この武装はいかにも勇敢な戦士だが、中身は気も頭も弱い虎三だ。

トン、スーという微(かす)かな音がしたと思った、その瞬間、見掛けだけが勇敢な虎三の姿がその場から消えた。

一方、猪吉は虎三の幻を追い掛けているかのように、ずっと先の方まで突っ走っている。一体、何が起こったのか、ここから先は想像するしかないが、精一杯考えてみよう。

トン、スーという微かな音は、猪吉の牙がチタンの中華鍋に当たって滑った音だ。村の鍛冶屋の匠の技が見事すぎて、中華鍋の曲がり具合が絶妙で、しかも滑らかさも摩擦係数がゼロの超一級品だ。そのため、猪吉の牙の先が中華鍋に当たっても、微かにトンという音を立てただけだ。滑って、スーという微かな音がしただけだ。

すると、必然、中華鍋は猪吉の牙の反り返った上部に乗る。中華鍋の曲がりと猪吉の牙の反り返りがぴたりと一致する。すると、そこに高角度のロフテッド軌道打ち上げに理想的なロフト角が生まれる。

あとは猪吉の体重と走行速度と後先考えない思い切りの良さの相乗効果で、虎三の打ち上げというか飛行の時間や高度や距離が決まる。虎三がどんな飛ばされ方をするかは、ゴルフのサンドウェッジで打たれた球と同じだと言った。ゴルフの場合は、球は高く上がるが、距離は出ないとも言った。しかし、この動物実験の場合は、すべてがゴルフの理論どおりというわけにはいかない。似ているところはあるが、似ていないところだらけと言うこともできる。それを踏まえた上で、さらに想像を膨らませることにする。

虎三がどれくらいの打ち上げ角度で、どれだけ高く飛んでいったのかは、猪吉の牙が中華鍋に当たったときのトン、スーという微かな音がすべてを物語っている。つまり、猪吉が作った全運動エネルギーが、虎三の飛行エネルギーに変換されるのだが、そのときのエネルギー変換ロスが追突のときの音になる。

これが、トン、スーと聞こえるか、聞こえないかというくらいの微かな音だということは、エネルギー変換ロスはほぼゼロと考えてよいということだ。はっきり言うと、垂直に近い角度でとても高く打ち上げられたということだ。

さらに想像を膨らませると、そのとき折よくとても強い六甲おろしが吹いてきた。その風に乗って、虎三は瀬戸内海上空を飛行し、四国に落下した。落下したとき、黄金仮面が虎三の顔を守り、チタンの中華鍋が尻を守ってくれた。虎三は村の鍛冶屋に感謝したが、これまで自分を守ってくれた太助に、もう二度と会えないと思うと悲しくて何をする元気も出てこなかった。

虎三は魂の抜け殻のようになってふらふら歩いていた。そのとき、虚ろな目に洞穴が映った。気がつくと虎三はその中にうずくまっていた。そして、そのまま何もせず、ただじっとしているだけの日々を送った。そのうち足が退化して無くなり、大きなさつまいもみたいな体になってしまった。たいていはじっと動かずにしているが、どうしても移動しなければならないときは、既に退化して取れてしまった後足で立ち上がるかのように体を真っ直ぐに立て、無い後足で蹴るかのように、ピョンピョン跳ねた。その様子を見た人がいて、それが誰かわからないが、こう言ったそうだ。

「あれはツチノコという蛇だ」

ツチノコが本当にいたのか、今もいるのか、それは誰もわからない。そんな話があるだけだ。

ところで、このような穏やかな想像では物足りないと、過激に妄想すると、もっとスケールの大きな別の話に膨れ上がる。

完璧な中華鍋の形状と性能により、エネルギー変換ロスゼロで猪吉の運動エネルギーが虎三の飛行エネルギーに変換されたというのはツチノコ説の場合と同じだ。

違うところは、猪吉の牙が中華鍋を突こうとした直前、虎三が逃げようとして、尻を下げたことだ。そして、虎三が後足で地面を蹴ったちょうどそのとき、猪吉の牙が中華鍋に触れた。そう見えた刹那、どこから来たのか、なぜか熊半が猪吉の後ろに現れ、後足で立ち上がったかと思うと、なぜか思いっきり前足で猪吉の尻を張り飛ばしていた。逃げようとして虎三が後足で思いっきり地面を蹴った力と、疾走する猪吉の後ろに突然何の前ぶれもなく現れた熊半の、半端でないパンチ力を尻に受けた猪吉の突進力の全部が、虎三の尻につけた中華鍋の底の絶妙な箇所に集中した。

その瞬間、虎三と猪吉と熊半の三匹の姿が同時に消えた。

猪吉は自分の走力に、熊半の破壊的なパンチ力が加わって猛烈なスピードで前方に消えていった。

熊半は、猪吉の尻を半端でない力でぶっ叩いたその反動で遥か後方に吹っ飛んでいた。

それくらいの爆発力だ。

虎三は空中高く昇天した。その飛行の様は、誰の目にも留まらぬ超音速スピードで、遂に成層圏を突き抜け、地球周回軌道に乗っていた。その経緯は、この村に残されている古文書に記されており、次のように結ばれている。

人工衛星の名称　虎猪一号（トライ一号）
設計者　　百姓太助

製作者　村の鍛冶屋
協力者　虎三　猪吉　熊半
耐用年数　不明
目撃者　不明

この古文書に記載されていることの真偽のほどは不明だ。しかし、思いがけず虎型人工衛星打ち上げ実験をすることになってしまった設計者と製作者、それに協力者の人間業とは思えぬまた獣業とは思えぬ神業がかった力量を推し量ると、この実験は大成功を収めたと信じたい。そのほうがロマンがあって心が躍る。夜空を見上げ、もし頭が金色に輝き、お尻が銀色に鈍く光る飛行物体が見えたら、それは顔に黄金仮面を被り、尻にチタンの中華鍋をつけた我らの虎三だ。古文書に従えば、人工衛星虎猪一号だ。もし、見えなければ、もっと目を凝らせ。それでも見えなければ、心の目で見ろ。

虎三が想像することもできない出来事に見舞われ、それきり姿を消してしまった。それがあまりに衝撃的だったので、虎三はその後どうなってしまったのか心配するあまり、つい、時を何百年も先へ進めてしまった。ここでその勇み足を反省し、気を取り直して、猪吉が虎三に突進してくる場面まで時を巻き戻すことにする。

虎三は中華鍋型の鎧を尻につけていた。そのため猪吉の突進をその尻に受け、そのとき熊半の荷担があったかもしれないが、空高く飛ばされ、そのまま行方不明になった。しかし太助はそのことに気がついていない。

ああ、よく働いた。天気が良かったから随分はかどったなあと呟きながら太助は畑仕事を終えた。心地良い疲れを感じながら太助は鍬を担いで家路についた。虎三はもう帰っているかな。今日は何をして遊んだんだろう。腹をすかしているだろうな、などと思いを巡らしながら虎三の檻に近づいた。静かだ。虎三のいる気配がしない。檻を覗いたが空だ。おかしいな。どうしたんだろう。そう思いながら太助は待ち続けた。夜が明けて朝になっても虎三は帰ってこなかった。太助は血相を変えて虎三がいつも遊びに行っている山へ飛んでいき、ほうぼう走り回り、声をからして虎三の名を呼び、血眼になって虎三を探した。しかし、虎三はどこにもいなかった。すべての捜索は徒労に帰し、太助は虎三喪失の深い悲しみの淵に沈んだ。

虎三はまるで神隠しに遭ったかのように忽然と消え失せた。

途方に暮れた太助は、とっておきの得意技を使うことにした。

太助は虎三捜索の使命を意識に乗せ、空中に放り出した。すると何百年も先の時代まで捜索してきた意識は、二つの手掛かりを太助に報告した。

ひとつの手掛かりは、猪吉たちに空高く飛ばされた虎三は、折からの強い六甲おろしの風に乗って瀬戸内海上空を飛行し、四国に落下した。その後長い年月を経てツチノコになったというものだ。

もうひとつの手掛かりは、虎三は人工衛星になったというもので、古文書にその記録があるというのだ。

このような思いがけない報告を聞いた太助は愕然とした。

おらは、虎三がトラウマになったら大変だと思い、無い知恵を絞ってよく考えた。そして、やると決めたことには金に糸目をつけなかった。そんな苦労をした揚句の果てに、虎三がトラウマやウマどころか、おらの命が尽きたずっと先にツチノコになるなんて、神も仏もないではないか。ツチノコになるのが運命なら、さすがに往生際の悪い太助も悪あがきの余地はなく諦めるしかなかった。

最後に残された捜索の手掛かりは古文書だ。

そこには、虎三は人工衛星になったと記載されている。これは虎三捜索の貴重な手掛かりだ。

いくら古文書に書かれているといっても、虎三が人工衛星になんかなるはずがないと思いながら、太助は人工衛星を捕まえようと背伸びをした。梯もかけてみた。でも、手が届くところにあるのは、せいぜいりんごや柿の実くらいのものだった。成層圏の遥か上を飛んでいる人工衛星にはとても手が届かない。それではと、太助の得意技の意識放り出しを発動しても、向こうの世界から土産に持ち帰ってこられるのは、失敗作の生きたトラブル虎がやっとのことだ。今の太助の力量では、飛行しているのか、いないのか定かでない人工衛星になったという虎三を連れ戻すことは不可能だ。

これでは悪あがきするにもその手立てがない。諦めるしかない。でも、その前に確かめたいことがひとつある。

虎三が打ち上げられる直前に、なぜ熊半が現れたのか。そして、熊半がなぜ猪吉の尻を張り飛ばしたのか。熊半は猪吉に恨みでもあったのか。恨みがあったのなら、あの尋常でない叩き方だ。よほど深い恨みがあったに違いない。ではその恨みとは一体何か。それとも、ただ面白がって叩いただけなのか。その動機が何か確かめたい。

おらは、虎三とは話ができるが、熊半や猪吉とは付き合いがないし、言葉も通じない。

それに、虎三がいなくなった今となっては、熊半の犯行の動機を解明しても意味がない。

これも諦めることにした。

太助は、やっと虎三喪失の深い悲しみの底から浮かび上がり、虎三ロスときっぱりケリをつけることができた。すると、頭が動き出し、なぜ虎三がいなくなったのか、その原因を作ったのは誰かと考えた。太助は他人を疑う前にまず自分を疑うことから始めた。そして、自分のしたことを振り返り、落度がなかったかどうかよく検討した。

虎三が猪吉の牙で尻を突かれて痛いと言って泣いて帰ってきた。刺された尻から血が流れているし熱も出ていたので、大急ぎで獣医から薬をもらってきて虎三に処置してやった。

その上で、この次猪吉の牙で突かれても虎三が痛くならないように、また傷を負わないように鎧をつけてやろうと思った。その設計のねらいは、突進する猪吉の牙から虎三の尻を守ることだ。いろいろ考えた末に、足の無い椅子の形をした鎧を考案した。これが試作品第一号の鎧だ。実際に猪吉の牙で突かれても虎三の尻は無事だったし、椅子型鎧も傷ひとつ無かった。だから、この点については、設計ミスも製造ミスも無かったと考えてよいだろう。

ところが、猪吉の追突の衝撃で、虎三は百メートルも飛ばされた。これは想定外の出来事だった。しかし、これは政治家のように言い訳をするわけではないが、衝撃を虎三の体から逃がし、低空飛行のエネルギーに変えたと解釈することができる。よって、設計ミスには当たらない。ただし、落下したとき、虎三に顔面制動させてしまった事実は隠せない。何の申し開きもできない。潔く設計に不備があったことを認めよう。

しかしながら、手順前後にはなるが、虎三の顔を不慮の事故から守るため、黄金の仮面をつけてやった。また、被害者の虎三は、虎の象徴である髭が無くなったことには不満があるだろうが、痛さを伴わず顔がつるつるになったことを、むしろ喜んでいるふしがあり、被害届は出さないようだ。このような情状を酌量すると、虎三とは事を荒立てず、和解で穏便に収めるのがベストの選択だと思う。以上の審理をまとめると、試作品第一号の椅子型鎧については、太助には一切のおとがめなしとする。

ゆえに、太助は無罪だ。

ここで太助は実験を止めておくべきだった。

そうすれば、顔はつるつるになっていても、虎三は神隠しに遭わずにすんだ。虎三のつるつる顔は、まさに身をもって実験中止の潮時を知らせていたのだ。それを太助は、落下地点が砂地でなく、林の中や川の中、あるいは谷底だったらと方向違いな心配をし、設計方針に飛行角度を取り上げ、その高角度化を図ることにした。これが大失敗だった。今さら悔んでももう遅いが、その試作品第二号が中華鍋型の鎧だ。こんなものを設計しなきゃよかった。たしかに、ねらいどおり虎三を高く飛ばすことができた。でも、飛びすぎた。これは、猪吉と熊半のせいだと言いたいが、ここは潔く設計ミスだと認めよう。

ここまでの裁判まがいの茶番劇を黙って聞いていたものがいた。そして、設計ミスということばを聞いたとき、そいつは事件性ありと察知し、官舎から飛び立った。もちろん、山の中にある裁判官のために作られた官舎だ。飛び立ったのはカラスだ。普段は山の中に棲んでいる動物を裁いているが、緊急の場合は村人も裁く。

「以上ですべての審理は尽くされた」

太助がこう言ったとき、カラスが「カア」と鳴いた。そして、太助に向けた目を冷たく光らせた。カラスは本気で太助を裁こうとしている。太助のこれからの人生がかかった裁判を、動物を裁くのが本職のカラスが、急ぎ働きで片付けようとしている。こんな大事なことを飛び入りのカラスに無名でやらせては、カラスに名前をつけてやらなかったことを根に持って、どんな無法な裁きをされるかわかったものじゃない。主な登場人獣には名前をつけた手前もあり、このカラスにも名前をつけてやることにした。判事郎だ。これならきっと温情味の溢れた判決を下すだろう。

判事郎は開廷のことばも述べず、いきなり裁判を始めた。

「おい、ちょっと待ちな。まだ、太助の試作品第二号中華鍋型鎧の設計ミスについての審理が終わってないよ。だがな、そんな人間どものふざけたお遊びには、おいらは嘴(くちばし)を入れないよ。そんなことはどうだっていい。もし、時間があって、おいらの気分が良かったら、審理してやってもいい。

それより、太助には、虎三誘拐・監禁の容疑がかけられている。これは見逃すわけにはいかねえ。太助、言いたいことがあったら、構わねえから何でも言ってみろ。だんまりを決め込むならそれでもいいが、そのときは即刻、おめえの誘拐・監禁の罪が確定する。これは大変重い罪だから、もう一生娑婆には戻れないと覚悟しな」

太助は慌てて、虎三を連れてきた頃を思い返した。

「虎三が熊半を怖がったとき、村の鍛冶屋に黄金の鈴を作ってもらい、虎三の首につけてやった。虎三が猪吉の牙で尻を突かれて泣いて帰ってきたときは、獣医に薬をもらってきて処置してやった」

太助はこのように虎三をとても大切にし、優しく世話したことを供述した。また、太助は自分の手に負えないときは、村の鍛冶屋や獣医といった専門家に頼んだと言い、自分には何の落ち度もないことを申し立てた。

また、虎三が持ち込む厄介事を波と見立てて、波乗りを楽しんだことも正直に白状した。

でも、ひとつやふたつの波では、波乗りとしては不足だった。波乗りを楽しむためには、次々と波に来てもらわないといけない。でも、それでは自分が楽しんでも、虎三は本物のトラブルメーカーになってしまう。虎三には普通の虎でいてほしい。だから、多くの波を望むのはやめよう。足るを知ることが大事だ。

波はひとつか、ふたつくらいにしておこう。

このように、太助は心の底から虎三の健やかな成長を願っていたことを切々と訴え、最後にこう供述した。

「向こうの世界から無断で虎三を連れてきたことは悪かったかもしれませんが、そのあとの虎三との接し方は決して監禁というものではありません」

判事郎は目をつぶり黙って嘴を入れず、太助の供述を聞いていたが、ゆっくり目を開け低い声で言った。

「言うことはそれだけか。おめえの言うことを信じて監禁の容疑は解くことにするが、誘拐の容疑はまだ晴れちゃあいねえ。おめえ、このままでいいのか。娑婆に戻れるかもしれねえが、それはずうっと先のことだ。たぶんおめえの腰は曲がっているだろうよ」

太助の顔から血の気が失せた。

「そんな無茶な。おらが誘拐だなんて。虎三側から告訴があったとは聞いてないし、おらは身代金なんか要求していない。それに、一体、誰に身代金を要求したらいいんだ」

そう思ったが、別の手で誘拐の容疑を晴らした方がよいと思い、虎三のことを必死で考えた。そして、判事郎にどう訴えたらわかってもらえるのか、頭を高速回転させた。虎三は出来が悪かった。そんなやつほど可愛いものだ。可愛い子には旅をさせよという。そうだ、おらは虎三に旅をさせたかったのだ。そんなおらの気持ちを汲んでか、零しながらか知らないが、猪吉が虎三に旅をさせてくれたんだ。しかも、虎三たったひとりでだ。それも、六甲おろしに乗って瀬戸内海の上空を飛行し、淡路島や鳴門の渦潮を上空から遊覧し、遠く四国行きの飛びっ切りの旅だ。

さらに、もっとすごいことを言った人がいる。

それは猪吉と熊半の超獣的な協力に加えて、虎三の自立した力が合体して、ビッグバンというほどではないが並の人間では考えられないようなパワーが一瞬にして生まれ、虎三は黄金仮面を被った頭から成層圏を突き破り、地球周回の軌道に乗って人工衛星になったというものだ。頭の整理ができた太助は、俯いていた顔を上げ、胸を張って供述した。

「おらは虎三を立派な虎にしたいと思った。

それには、虎三に旅をさせることだと無意識に思っていた。それを猪吉と熊半は以心伝心でキャッチした。虎三が旅立ちの構えをとったとき、猪吉と熊半の協力がそれを後押しした。それに決定的な働きをしたのが、おらが設計ミスで作った中華鍋だ。そういうもろもろが全部合わさって奇跡が起こった。虎三はひとりで黄金仮面を被り中華鍋のパンツをはいて空の旅に出たのだ。いや、宇宙の旅をしているのだ。そして、虎三はいまも成長を続けている。おらは虎三を立派な虎にした。

そして、おらの手から虎三を遠く四国へ、宇宙へ解放した。これでも、おらのしたことは誘拐罪になるのでしょうか。言いたいことはこれで全部です」

判事郎は上を向いて太助の供述をじっと聞いていた。その様子は一見図太く憎らしく思えたが、実は涙を流すところを見られたくなかったのだ。涙が溢れ出るその瞬間、判事郎はいやいやをするように強く頭を振って溢れ出た涙を振り飛ばし、潤んだ声でひと声、カアと鳴き、判決を言い渡した。

「太助よ、疑うのがおいらの仕事だ。そうはいっても、何でもかんでも杓子定規に疑っちゃあいけねえ。おめえを疑ったりしてすまなかった。おめえは出来の悪い虎三を周りのみんなに協力してもらって立派なというよりビッグな虎に育ててくれた。四国の山の中でツチノコになったとしても、それは伝説として後世まで語り伝えられることだろう。また、人工衛星になっていつまでも地球の平和を支えてくれることだろう。

こんな大事業に大いに貢献したのが、設計ミスのはずだった試作品第二号の中華鍋型の鎧だということは忘れてはならない。よって、太助の設計した中華鍋を賞賛するとともに、太助のすべての容疑が晴れたことを宣言する。主文、太助は無罪だ」

無罪という声を聞いて太助はすっかり安心した。安心すると心に余裕が生まれる。それは心に隙をつくり、さらに心の油断となり、気の緩みとなる。これは多分余計なことだろうが、気の緩んだ太助はこんなことを考えた。

今度は中距離打ち上げ実験をしたいな。中距離といっても技術的に難しいところはいっぱいある。いきなり本実験をしてまたヘマをしたら、今度こそ判事郎に思いっきり咎められる。あいつは怖い。虎三が怖がる猪吉や熊半よりもっと怖い。出廷を命じられたら、審理省略で即高い塀の向こうに入れられる。そこは太助には入りやすく、ものすごく出にくいところだ。慎重に安全に段階を踏んで進めないといけない。

まずは予備実験からだ。それには実験動物を使おう。得意の意識放り出しで向こうの世界から手頃な実験動物を連れてこよう。そうしたら、自由な発想で自由な設計ができる。しかも、設計ミスはし放題だ。

予備実験だけでも十分夢中になれるだろう。

ちょっと待てよ。打ち上げ実験の錦の御旗となる虎三はもういないんだ。ということは、打ち上げ実験は、それが本実験だろうが予備実験であろうが、その正統性は既に消滅している。早い話が、錦の御旗が現れるまで、打ち上げ実験に関わるすべての行為は禁止だ。

太助の良いところは、すぐに頭を切り替えられるところだ。太助はすぐさま頭を切り替えた。そのとたん、太助は何もすることがなくなった。することのなくなった太助は、畑に寝転がり、ぼんやり虎三のことを思い返した。結局、連れてきた虎は、おらをさんざん振り回し、おらに暴走までさせた。揚句の果てに大空にトンズラしてしまった。ひとり残されたおらは、その喪失の悲しみの底深く沈んでいき、またそれより深く反省した。その先に、まさか裁判が待っていようとは誰が予想できただろう。判事郎は怖かった。本当に怖かった。泣きたくなりながらも懸命に弁明し、無罪を勝ち取ったときは、欣喜雀躍の気分だった。今になって思えば、夢の中にいたような気がする。

それも、童話、サスペンス、コメディ、ＳＦなどを皿に載せ、その上にスリラーの粉を積もるほどふった、命懸けでテーブルにつかなければならないような夢だ。怖かったけど楽しかった。そんな夢から覚めると、もっと刺激的な夢を見たくなるものだ。この次はどんな夢が見られるのだろうと、太助は今日も畑に寝転んでいる。

太助は夢探しの使命を意識に乗せ、日替わりで、北へ、南へ、東へ、西へと放り出している。もちろん、どんな夢を土産に持ち帰ってきても、太助には必ずその夢から無事に生還してやるという覚悟はできている。

牛鬼

一

虎三は、猪吉と熊半の絶妙な破壊力のリレーを尻につけた中華鍋型の鎧に受け、高角度で上空に打ち上げられた。そして、折からの強い六甲おろしに乗って瀬戸内海を飛び越え、四国の山中に落下した。全く一瞬の出来事だった。太助とはお別れの挨拶もしていない。お世話になった感謝の気持ちも伝えていない。もうこのまま会えないのかと思うと悲しくてポロポロ涙を零した。猪吉と熊半は怖いやつだけど、また会いたいな。猪吉は単純なやつだったなあ。戦うことしか知らない。目の前の動くものは全部敵だ。動くものを見ると、たったひとつのスイッチが入る。突進だ。

躊躇することなく全力で突っ込んでくる。

しかし、少し知能のあるやつはこんなリスクのある行動はとらない。例えば、牛なら、目の前の敵に対して、鼻から荒い息を吐き、頭から湯気を立て、前足で土を掻き、間合いをはかる。

「さあ、おまえ、俺と戦うか、それとも尻尾を巻いて逃げるか、どっちだ」

無駄な争いを避けるためだ。

「でも、やっぱりボクは、頭は多少悪くても、牛より猪吉の方が好きだなあ」

虎三は、猪吉の細長い顔を思い浮かべた。

また、熊半のことも思い出していた。

「熊半はボクには特に何もしなかった。だけど、本当に怖かった。あの潜在的な怖さは猪吉の比ではない。でも、鈴の音が怖いというのは、どこか愛敬があっていいな」

何もかも失った虎三は、こんな思い出に酔うように、よろよろとあてもなく彷徨っていた。虎三はこのまま土の虎（ツチノコ）になったという伝説があるが、その陰に隠れて、これからお話しするとんでもない武勇伝があった。

黄金仮面を被り、チタンの中華鍋のパンツをはいた虎三は、どこへ行くあてもなくトボトボ歩いていた。首につけた黄金の鈴はゆらりゆらりと揺れ、弱々しく小さな音を立てていた。薮の中にいた熊がその気配を感知し、緊張で引きつった顔をぬっと出した。

何かピカピカしたものが近づいてくる。そいつの黄金の能天気な仮面を見たとたん、熊は小さな目を思い切り見開いた。頬の緊張は一気に解け、崩れるように垂れ下がった。笑いを噛み殺しながら、熊は虎三に向かって話しかけた。

「おい、ピカピカしたの。おまえ、面白いものを顔につけてるな。どこでそんなものが流行ってるんだ。それに、その灰色のパンツは何だ。そんなものをはいて尻が冷えないのか。おっと、まだ俺の名前を言ってなかったな。

あんまりおまえがおかしな格好をしてるんで、名乗るのを忘れてた。俺は熊九というんだ。ここら一帯を縄張りにしている熊の大将だ。

そんな俺は、人を見る目は確かだ。その俺の目は、おまえを初めて見たと言っている。だから、おまえはどこかから迷い込んできた新参者に違いない。だから言ってやる。この山は祈り山といって、世の中の平和を願い求める者が集まる所だ。俺が見たところ、おまえはただのピカピカ、チャラチャラした、ミーハーな、頭が空っぽの無宿者だ。戦いにも平和にも、何の役にも立たないでくのぼうだ。ここは、そんなおまえの来る所じゃない。わかったら、回れ右して、とっとと帰りな」

虎三はこれまで、熊は怖いものだと信じていた。ところが、今、目の前にいる熊九は、ちっとも怖くない。優しいくらいだ。むしろ、こっちから親分の舎弟にしてくださいとお願いしたいくらいだ。すっかり安心した虎三は熊九にすがりつくようにことばを返した。

「もう、ボクの行く所はないんです。もとは摂津の国、弱虎（よわとら）村という所にいたのですが、いろいろあって、それが一瞬で場面が変わって、今、ここにいるんです。もう、ボクはここにいるしかないんです」

熊九が強いことは疑いようがない。しかし、頭の方は良いのか、やや良いのか、やはり悪いのかよくわからない。そんな熊九にもわかるように、虎三は熊九の疑問点に詳しく答えてやった。熊九の疑問点とは、虎三の黄金仮面とチタンの中華鍋と、なぜ摂津の国弱虎村から四国の祈り山に飛んできたのかの三つだ。

熊九は、猪吉の性格や突進力はすぐ飲み込んでくれた。しかし、熊半がなぜ突然現れたのか、そして、なぜ猪吉の尻を張り飛ばしたのかはどうしてもわからないようだった。同じ熊でもわからないのだから、熊という生き物は謎だらけだ。虎三の目の前にいる熊九もやはり謎の塊の熊だ。いつ豹変して別の熊になるかわからない。それでも行くところがない虎三は、熊九にはずっと熊九のままでいてほしいと願い「ここに置いてください」と言ったときは、声は涙で湿っていた。

「おまえは見た目は勇敢な戦士だが、中身は頼りない人畜無害な猫みたいな虎だ。おまえと戦っても負けるやつはいないだろう。おまえのどこを探しても、ここからおまえを追い出す理由が見つからねえ。だがな、勘違いするなよ。是非ここにいてくれというわけじゃない。おまえがここにいたいと言うなら、いても構わないと言ってるだけだ。こう言った以上、俺にはおまえを守る責任ができた。何か困ったことがあったり、相談したいことがあったら、おまえの首に吊るしたその鈴を思い切り鳴らしてくれ。すぐ駆けつけてやる」

熊九はそう言うと、悠悠と歩き去った。虎三は熊九の言った「おまえを守ってやる」ということばを何度も噛みしめた。少しずつ元気が出てきた。熊九は「困ったら鈴を鳴らせ」と言った。そして、鈴の音を聞いたら、熊九が助けに来てくれるとも言った。

二

あれえ、何だか変だなあ。摂津の国弱虎村では、熊半は鈴の音を嫌がって逃げていったのに、この祈り山の熊九は反対に助けに来てくれる。それに熊半は怖かったけど、熊九は優しい。海を隔てた向こうとこっちでは、同じ熊でも性格も鈴の音への反応もまるで正反対だ。この違いはどこから来るのだろう。どう考えても棲んでいる場所の違いとしか思いつかない。ここは祈り山で「平和を願い求める者が集まってくる」と熊九は言っていた。

どうやら、この祈り山には何かとんでもないものがありそうだ。今の虎三は無一物の生ける屍だ。やがて歩くこともしなくなるだろう。行き着く先はツチノコだ。そんな虎三に活力を与え、やる気に火をつける、うってつけの研究テーマが飛び込んできた。明日からはこの祈り山を歩き回り、そのとんでもないものを探し出してやろう。

熊九に守られていると思うと嬉しくなって虎三はスキップをするように軽やかに歩いて

いた。すると、お尻の方でトントンという音がする。何だろうと思って立ち止まり、振り向いて驚いた。何と虎三のすぐ後ろに猪がいたのだ。あっひーと悲鳴を上げ、逃げようとした。そのとき、猪が言った。

「ちょっと君、逃げなくていいよ。おいら、べつに君に喧嘩を売ってるんじゃないよ。君はよそ者だろ。だから、ちょっと君を診察してたんだ。あっ、言い遅れてすまない。おいら、猪八っていうんだ。君は何ていうの、あっそう、虎三というのか。

おいらの牙は聴診器の働きもするんだ。生身の尻でも、パンツの上からでも、この牙で突くと、そいつの害悪の有無がわかるんだ。もし、そいつが害悪の権化のようなやつだったら、ここで一気にケリをつけてやるつもりだった。君は見かけは派手で勇ましそうだが、中身は張り子の虎だ。喧嘩の相手が少し気の強い猫だったら、君に勝つ見込みはないよ。つまり、君にはこの祈り山の平和を乱す力量はないというのが、おいらの診断だ。君は無害とわかったから、もうどこへ行ってもいいよ。じゃあな」

虎三から警戒を解いてさっさと歩き出した猪八に、虎三は恐る恐る尋ねた。

「ちょっと前に熊九という熊の大将に出会った。そのとき、熊九がボクの黄金仮面やチタンのパンツを気にしていたんだ。だから、熊九にその訳を話したんだ。君はどうなの。気にならないの」

「おいらが知りたいのは、そいつの中身が善か悪かだ。悪ならその程度が知りたい。君の診断はさっき済ませた。君は合格だ。君は気にしているようだが、おいらは外見なんかには関心はない。でも、君が言いたいというなら、聞いてやってもいい」

虎三は猪八が相手をしてくれるのが嬉しくて、つい自分の肩を猪八の肩にくっつけて一緒に歩き出した。猪八が嫌がるふうでもなかったので、そのまま歩きながら黄金仮面を被っている訳やチタンのパンツをはいている訳を話した。猪八は黙って虎三の話を聞いている。ときどき笑っているようだった。なんか調子が狂うな。海の向こうでは猪も熊も血眼になって敵がどこかに隠れていないか探し回っていた。そして、命を懸けて戦っていた。ところがこっちでは、みんな穏やかに命を懸けて平和を守っている。虎三はこのまるっきり正反対の生き方がどうしてこの世に併存するのだろうという疑問を一層強く持った。

その後、祈り山の散策が虎三の日課となり、体全体で何かを感じようと努めた。歩き疲れるとねぐらにしている、虎三がやっと入れるくらいの洞穴で休んだ。

あるとき、炭焼きの平五という男が、その洞穴の前を通りかかった。ふと中を見ると、何やら金色に光るものが見えた。信心深い平五は、これはきっとありがたい仏さまに違いないと手を合わせて拝んだ。

「洞穴の中の仏さま、お願いがあります。おら、炭焼きの平五という者です。この祈り山の麓の村に住んでいます。炭焼き小屋はここから少し先にあります。実はこの山に牛鬼というとても大きい妖怪がいて、腹をすかせては麓の村に下りてきて、牛や馬を食ってしまうんです。人を食べることもあるんです。こんな恐ろしい目に遭うのはもうたくさんです。洞穴の中の仏さま、どうか牛鬼を懲らしめてください。もう牛や馬や人を食わないようにしてください。これからは毎日、ここにお願いに来ます。どうか、おらの願いを聞いてください」

平五の祈りのことばを聞いた虎三は、ポンと手を打ってこう呟いた。

「この祈り山に平和を願い求める人が集まるわけはこれだったのか。牛鬼の狼藉に困り果てた人がいる。そんな人は平和のありがたさを身に染みて実感しているから、命を懸けて平和を守ろうとするんだ。これが村人全員の、また祈り山に棲むすべての生き物たちの共通の願いなのだ。ボクがここにいるのも何かの縁だ。ボクも命懸けで協力しよう。まずはこの祈り山で一番頼りになる熊九に、この牛鬼事件を報告することだ。そして、どうやってこの事件を解決していくか、熊九に相談しよう」

その晩、虎三は胡坐(あぐら)をかき、どうしたら牛鬼を退治することができるか熟考した。考えがまとまるまで眠らないつもりだった。

牛一頭をペロリと食ってしまうようなやつだ。牛鬼ってやつはとてつもなくでかいのだろうな。そう思っただけで身震いした。気を取り直そうとしたが、牛鬼の獰猛な姿が思い浮かんで冷や汗が出た。こいつは強そうだ。

日本一強いに違いない。祈り山で一番強い熊九でも残念ながらとても勝てないだろう。もうこうなったら、祈り山に棲む動物たちが束になってかかるしかない。プロジェクト名は「牛鬼退治」でいいと思うが、その戦い方をよく練らないといけない。まずは牛鬼がどういう妖怪か、猪八も呼んでみんなで詳しく分析しよう。その上で、適材適所でひとりひとりに役割を担ってもらおう。

このように、虎三は頭を酷使して、何とか牛鬼退治に取り組む心構えができた。虎三は徹夜を覚悟して胡坐をかき、沈思黙考していたが、思いのほか頭が早く回転し、大幅に時間を短縮することができた。そして、ほっとして胡坐を解いた。まだ夜は始まったばかりだ。眠るには十分すぎるほど時間がある。虎三は夜が明けるまでぐっすり眠った。

日の出とともに虎三はねぐらの洞穴から出てきた。そのまま真っ直ぐ熊九と出会った場所へ、チタンのパンツを振りながら向かった。黄金仮面の中からラデツキー行進曲の口笛が小さく聞こえる。口笛の音が段々と大きくなりクライマックスになる頃、目的の場所に到着した。ずり落ちそうになっているチタンのパンツを引き上げた虎三は、大きく深呼吸してから首を左右に勢いよく振った。

大きな鈴の音が、虎三の足元から続く獣道の奥へ奥へと流れていく。やがて向こうの下草が微かにガサガサ擦れる音がしてくる。その音が段々虎三に近づいてくる。黒い塊が段々大きくなり、虎三の目の前にあの懐かしく頼もしい熊九が姿を現した。

「よお、虎三、こんな朝っぱらからどうしたんだ」

目の前で熊九の声を聞いたとたん、虎三の張り詰めた心が一挙に解けた。しゃべろうとするが、ことばにならない。

「た、た、た、た……」

夕べはいつもより長い時間、虎三は寝ている。十分落ち着いているはずなのに、この慌てふためきようだ。よほど一大事なのだろうと熊九は考えた。

「おい、虎三、どうしたんだ。た、ばかりそんなに並べやがって。な、落ち着け。兎に角落ち着くんだ。話すのはそれからだ」

熊九は、虎三の急用が何なのか早く知りたい。しかし、肝心の虎三が度を失っている。慌てる必要のない熊九までが慌てふためいた。やっと少し落ち着きを取り戻した虎三は一気に話しだした。

「大変なんです。熊九の大将、兎に角、大変なんです。牛鬼なんです。牛鬼が出たんです。それで、麓の村に下りてきて、牛や馬を食べたんです。人を食うこともあるそうです。

炭焼きの平五さんがそう言ってました。大将、どうしましょう」

虎三のやつは朝が早いからなのか、元々頭がよくないのか知らないが、どうも話の筋道がよくわからない。そう思った熊九は、自分から話の筋道を手繰り寄せに出た。

「おまえはその話をいつ、どこで聞いたんだ」

「はい。昨日の夕方、ボク、歩き疲れて帰ってきて、ねぐらにしている洞穴の中で胡坐をかいて休んでたんです。そしたら、炭焼きの平五さんが通りかかって、洞穴の中のボクを見たんです」

「ほう、炭焼きの平五さんが、洞穴の中のおまえを見たんだな。それでどうなった」

「夕方で薄暗かったんです。洞穴の中はもっと薄暗いんです。その中でボクは胡坐をかいていたんです。黄金仮面を被っていて、暗い中でそれが光ってるんで、平五さんはそれが仏さまに見えたんです。本当は仏さまじゃないんです。ボクなんです」

「段々、話の筋道が見えてきたぞ。暗い中でおまえが黄金仮面を被って胡坐をかいていたんだ。それを見た平五さんはおまえを仏さまだと思ったんだな。それで、どうした」

「平五さん、あなたが見てるのはボクで、ボクは仏さまではありませんよと教えてやりたかったけど、仏さまだと思ってるボクがしゃべったら、平五さんが気絶するんじゃないかと思って黙ってたんだ」

「ほう、おまえ、なかなか優しいところがあるな。感心した。それでどうなったんだ」

「平五さんはボクに手を合わせて拝むんだ。

麓の村の人たちは牛鬼に苦しめられて困ってます。牛を食べられたと思ったら、一か月もしないうちにまた現れて今度は馬を食べられたと言ってました。人も食べられることがあるそうです。牛鬼は兎に角乱暴なやつで、力も強く体もとても大きくて、こいつに勝てる者は誰もいないと言ってました。これはもう仏さまにすがるしかありません。仏さま、お願いです。牛鬼を懲らしめてください。これから毎日、ここに来て手を合わせて拝みますから、どうか牛鬼を退治してください、と平五さんは言ってました」

「ふうん、話の筋道はわかった。俺もこのところ、ただならぬ気配を感じてたんだ。ときどき風に乗って血なまぐさい臭いが流れてくる。

また、地面が揺れることもある。どうやら牛鬼の仕業らしいな。それで、虎三、おまえはどうしたいんだ」

「はい。平五さんが言ってましたが、この界隈で一番強い熊九さんでも、一人では勝てないと思います。ここは、祈り山の生き物総動員で挑むしかないと思います」

虎三はいつの間にか、熊九さんと「さん」をつけて言っている。熊九を煽っているのだろうか、それとも崇めているのだろうか。

「そうだろうな。おまえの話を聞いていると、牛鬼ってやつは小山のように大きくて強いのだろうな。この祈り山の中でちょっとは戦力になりそうなのは熊と猪くらいのものだ。俺から猪八に声をかけておく。まず、首脳会議から始めようぜ」

「ボクはこの会議には炭焼きの平五さんが欠かせないと思います。なにしろ、言い出したのは平五さんですから。毎日、ボクのいる洞穴に来ると言ってますから、今日も来るはずです。わけを話して、明日、平五さんを連れてここに来ます」

「わかった。明日の朝、ここで落ち合おう。

おまえは昨日の夕方から今日の今まで猛烈に頭を使った。おまえの頭にもしものことがあったら、この作戦は音を立てて瓦解してしまう。明日の朝まで、おまえの頭に何もさせせるな。休ませておけ。よいな」

二人は回れ右して、それぞれ来た道を引き返した。

三

次の日の朝、日が昇ると、虎三は炭焼きの平五を連れて熊九と示し合わせた場所へやってきた。そこには既に熊九が、猪八を左に座らせて立っていた。それを見た瞬間、虎三は二人の役割を決めた。まず、熊九が決然と口を開いた。

「みなさん、おはようございます。今日はまことにご苦労さまです。ここでぐだぐだ話をしている暇はありません。まずは俺の役宅にご案内いたします。なに、ここからはゆっくり歩いても五分もかかりません。そこでお互いに腹を据えてじっくり牛鬼退治の作戦を練り上げましょう」

　そう言うと、熊九は猪八と虎三それに炭焼きの平五を引き連れて獣道を役宅に向かってゆっくり歩き出した。熊九はたいていは役宅で過ごしている。暑い夏の避暑と冬の冬眠のときは、ここから少し上にのぼったところにある本宅で寝転んでいたり、本気で寝たりしている。役宅に着くと熊九はみんなを会議室に案内した。何と、その会議室は相撲の土俵のように真ん丸い部屋だった。

「汚いところだが辛抱してくれ。ここは上座も下座もない。みんな、好きなところに座ってくれ」

　そう言うと熊九は入口に一番近い場所にどっかと座った。そこを時計の六時とすると、九時の位置に猪八が座り、十二時の位置に平五が座り、三時の位置に虎三が座った。本論に入る前に、虎三が軽い気持ちで熊九に尋ねた。

「熊九の大将、この部屋はどうして丸いのですか。ボクが知ってる部屋はどこもたいてい四角なんですが」

六時の位置に座を占めた熊九は、三時の位置に着いた虎三に顔を向けた。

「おまえのいるここは日本の国だ。日本の国旗は白地にどんな絵が描いてある」

「はい、赤い丸が描いてあります」

「そうだろ。国旗の絵は赤い丸でなきゃならねえ。これが三角や四角だったらどうする。角が立ってまとまるものもまとまらねえ。

作戦会議に角が立って決裂したら、おまえ、悲しくないか。だから、会議室は丸くなきゃならないんだ。おまえと話していると、どうも緊張が緩んでこのまま冬眠したくなる。前から感じていたんだが、どうもおまえは教養が足りない。まあ、そこがおまえのいいところでもある。なにしろ、おまえがいるだけで場が和む。これからもずうっと足りないままでかまわない。そうしてろ」

このままでいいと許可がおりたので、虎三は嬉しくなって会議の司会を申し出た。全員の賛成を得て、虎三は早速会議の進行を始めた。

「みなさん、このプロジェクトの名前は『牛鬼退治』としてよろしいでしょうか」

全員が頷くのを見て、虎三は作戦会議の本論に入った。

「ここにいるみなさんは、牛鬼退治軍の首脳です。熊九さんと猪八は沢山の子分を持っています。それで、一番強い熊九さんには大将になってもらい、次に強い猪八には軍曹になってもらいたいと思います。炭焼きの平五さんには、手先の器用さに期待して、この作戦で一番重要な兵器の製作をお願いしたいと思います。それで、子分のいない一匹虎のボクは、教養が足りなくて頼りないのですが、軍師みたいに軍配うちわを振って、みなさんの息の合った攻撃を指揮したいと思うのですがどうでしょうか。これがボクの意見ですが、みなさんは何か異存はありませんか」

虎三は熊九を「さん」づけで呼んでいるが、猪八は呼び捨てだ。まあ、だれが見ても猪八は熊九より明らかに格下だから当然か。熊九がすかさず発言した。

「こりゃ驚いた。虎三にしては見事な構想だ。さっきは教養が足りないなんてつい言ってしまったが、すまなかった。前言を撤回する。

俺は適材適所の配置だと思うが、平五さんと猪八、あんたらはどう思う」

平五と猪八は同時に「異存なし」と答えた。虎三は会議の進行を続けた。

「ここにいる四人の役割はこれで決まりました。熊九さんは大将、猪八は軍曹、平五さんは兵器の製作、そしてボク、虎三は軍師です。

では、次の議題に入ります。これは最も重要な議題で、このプロジェクト『牛鬼退治』の成否を決めるものです。敵を知り、己を知らば百戦危うからずと言います。戦う相手は牛鬼です。これから、ここにいるみんなで、牛鬼を丸裸にするんです。そのために、牛鬼のことを一番良く知っている炭焼きの平五さんに来てもらっているんです。さあ、ここからは遠慮はいりません。知ってることや思いついたことがあったら、そのまま言ってください」

すると、まず熊九が炭焼きの平五の顔を見て、こう口を開いた。

「虎三から聞いたんだが、牛鬼てえのは、牛や馬をペロッと食うそうじゃないか。一体全体こいつはどういうやつなのか、あんたの知ってることを全部聞かしちゃあくれねえか。特に猪八は牛鬼のことは何も知らねえ」

炭焼きの平五はかすれ声でたどたどしく話し出した。

「牛鬼はとても大きいんだ。立ち上がったら五メートルくらいあるかもしれない。顔は鬼だ。ギョロリとした目はいかにも獰猛で、大きな口を開けると鋭い歯が不気味に光る。頭に黄色い二本の角を生やしている。見ただけでぞっとする。長い首の下は黒色の牛の姿をしている。尻尾は剣の形をしていて、こいつを振り回すと、どんな硬いものでも簡単に切ってしまう。こんなやつだから、牛一頭くらい平気でペロッと食ってしまうんだ。重さは何トンあるかわからないが、とてつもなく重そうだ。こいつに踏まれたら一巻の終わりだ」

猪八は、うーんと唸って炭焼きの平五に訊いた。

「そいつに見つかったら逃げなきゃならないが、そいつは走ったら速いのか、それとも遅いのか」

「おらは牛鬼が歩くのは見たことがあるが、走ったところは見たことがない。大きな体だが、首から下は牛だから、牛ぐらいの速さで走るんじゃないかと思う」

それを聞いた猪八は、ぶるっと体を震わせて言った。

「おいらは足には自信がある。牛と駆けっこしても勝てる。でも、牛鬼はでかいのだろう。そんなでかいやつの一歩は、おいらの一歩の何倍あるんだろう。計算するまでもない。とても逃げ切れない。見つかったら終わりだ。

それで、そいつはどこに棲んでるんだ」

炭焼きの平五は頭を振って答えた。

「おら、牛鬼がどこに棲んでるのか知らない。たぶん、祈り山のてっぺんあたりに棲んでるんじゃないかと思う。でも、おら、怖くてそんな所に行ったことがない」

猪八は、うんと頷いて大きく息を吸い、鼻息荒くこう言った。

「近いうちにおいらが祈り山のてっぺんあたりを牛鬼に見つからないように注意しながら探索して、やつの居所を突き止めてやる」

すると、熊九が、勇み立つ猪八の心を鎮めるように静かに言った。

「猪八、十分気をつけて探すんだぞ。俺がこの役宅で寝転んでいると、たまに体が揺れることがあるんだ。その揺れが三十分くらい続くこともあった。おそらく牛鬼が祈り山のてっぺんあたりで体操でもやってるんじゃないかと思う。牛鬼のあのでかい体で跳んだり跳ねたりしていたら、ひょっとすると小さな公園くらいの広さが平らに均されているかもしれない。俺が今言ったことを心に留めて探してみてくれ。それから、炭焼きの平五さん、牛鬼の好きなものは何だ。また、嫌いなものは何だ」

炭焼きの平五は、これはしたりとにっこり笑い、きっぱりとこう答えた。

「牛鬼の好きなものはたったひとつ。それは酒です。嫌いなものは鰯（いわし）の生臭い臭いと柊（ひいらぎ）のトゲです」

炭焼きの平五の簡潔な答弁を聞いて、熊九は大きく頷いた。そして、自信に溢れた声でみんなに言った。

「こんな牛鬼みたいな化け物とまともに立ち合っても、こっちに勝てる見込みはない。やつの体力を消耗させ戦意を奪ってからでないと、こっちには勝機がやってこない。やつの好物が酒だと聞いたときは心が躍ったぜ。やつに浴びるほど好きな酒を飲ませるんだ。そうすりゃ、いくらやつが化け物でも、酔っ払って寝てしまうだろう。その隙に、虎三が振る軍配うちわに合わせてやつに一斉攻撃するんだ。これでやつの不戦敗は確定だ」

するると、猪八は嬉しそうに熊九に言った。

「大将、少し勝利が見えてきましたねえ。それで、誰が酒を造るんですか」

熊九は器用に片目をつぶって得意そうに話し出した。

「猪八、おまえ、猿が猿酒を造るって話を知ってるか。人間が飲む酒は、米とか麦などの穀物が原料だ。猿酒の原料は樫や椎の実などの果実だ。化け物に飲ませるのは猿酒で十分だ。樫や椎の実なら祈り山にはいっぱい実っている。

猪八、おまえ、猿の親分の猿七を知ってるか。去年の秋、猿七が高いところに実っている柿の実を取ろうとしてたんだ。左手で細い枝をつかみ、右手を伸ばして柿の実を取ろうとするが、もう少しのところで届かない。そこで、柿の実に届くように左手を少し先の方へ進めて右手を伸ばしたとたん、細い枝がポキッと折れた。猿七は十メートルの高さから真っ逆さまで墜落だ。折よく、俺はその柿の木の下にいた。おい、虎三、そのとき、俺はどうしたと思う」

そう訊かれて、虎三は即座に答えた。

「ボクなら逃げます。でも、大将はちがうんでしょうね」

「おまえの言うとおりだ。その柿の木の下にいた俺は、ためらうことなく、十メートルの高さから重力に引っ張られて頭から落ちてくる猿七をしっかりと受け止めてやった。猿七にはどこも怪我はなかった。いくら猿でもあの高さから落ちたら無事じゃいられないだろう。熊九さん、あなたは命の恩人だ。このお礼には、自分にできることならなんでもする。猿七はそう言って喜んで帰っていったよ。

俺が頼めば、猿七は猿の親分だ、子分を全員駆り出して、猿酒を大量に造ってくれるだろうよ」

「あのお、大将」

虎三は恐る恐る言って、こう続けた。

「猿酒って、造るのにどれくらい日数がかかるんでしょうか。大分かかるんでしょうね」

「ああ、そうだな。虎三、おまえ、いいところに気がついたな。それは大事なことだ。猿七に会ったとき、猿酒造りにどれくらい日数がかかるのか訊いておこう。

さてと、牛鬼は柊のトゲトゲが嫌いだと平五さんは言っていたな。牛鬼の大嫌いなトゲトゲの葉っぱがついた枝を沢山集めて、やつをとことん困らせてやりたい。炭焼きは木を扱う仕事だ。柊の枝の採集は、その道のプロの平五さんに頼みたいが、いいかな」

「おやすい御用です。おら、毎日炭焼き用の木を探しに山に入ってます。樫の木が目当てなんですが、炭になりそうな他の木も拾ってます。

そのついでといっちゃなんですが、柊の枝集めなど造作もないことです。おらも牛鬼のやつを困らせてやりたい。喜んで柊の枝を山ほど採ってやります」

「炭焼きの平五さんの眼力で集める柊だ。そのトゲトゲの葉っぱの引っ掻き味の鋭さに、さぞ牛鬼は悲鳴を上げることだろうよ。平五さん、頼んだよ。

おっと、それから、牛鬼は鰯の生臭い臭いが嫌いだと言ってたな。鰯は海の魚だ。そして、ここは山の中だ。さて、どうしたものかな」

するとと、猪八が嬉しそうに手を挙げた。

「おいらに当てがあります。ちょっと長くなるが、みなさん聞いてくれ。去年の暑い夏の日のことだった。おいら、体に溜まった熱を冷まそうと池で水浴びしてたんだ。すると、何かがおいらのふくらはぎを突くんだ。首を捻って足元を見ると大きな鯉だった。この野郎、勝手においらのふくらはぎを突くんじゃねえ。とっちめてやる。それで、おいらの牙でそいつを突き刺してやったんだ。

そこまではいいんだが、おいら、鯉を食わなきゃならないほど食い物に不自由してない。牙に刺さっている大きな鯉を目を寄せて睨みながら、さて、どうしたものかなとぼんやりしていた。その鯉が、おいらの牙に串刺しにされて、顔の前でバタバタしている。そのままぼおっと見ていたら、二メートルほど先にぼんやりしたものが見えた。そのぼんやりしたものに焦点を合わせると、それは猫六だった。猫六というのは猫の親分だ。こいつらの行動範囲はとても広い。この祈り山から麓の村、さらに遠く漁船が停泊している港まで広範囲だ。猫六の顔を見ると、目にいっぱい涙を溜めて、おいらの牙に刺さっている大きな鯉を、まばたきもせずじっと見詰めている。猫六は何も言わず、目だけを使って、その大きな鯉をくれと哀願しているのだ。大した演技力だ。感動した。

おいらが自慢できるのは気前の良さだ。惜しげもなく言ってやった。おいらは鯉なんかより食いたいものが他にあるんだ。牙に刺さったこの鯉をどう始末しようかと思案してたんだ。猫六、よかったら、おまえ、貰ってくれないか。

おいらはそう言うと、首を大きく振って猫六の足元に大きな鯉を投げてやったんだ。そしたら、猫六のやつ、渾身の目の演技から解放され、大粒の涙をポロポロ零しやがった。驚いたことに猫六のやつ、おいらに向かって手を合わせるんだ。

『このところ、オレの稼ぎが少なくて子分たちに十分なものを食わせてないんだ。今も子分たちは腹をすかせて、オレが何か食い物を持って帰ってくるのを待っています。これだけ大きな鯉なら、子分たち全員に食わせてやれます。猪八さん、あなたはオレたちの命の恩人です。ありがとうございます。このお礼には何でもやります。オレたちにできることがありましたら何でも申し付けてください』

猫六は大きな鯉を咥えて重そうな足取りで、でも嬉しそうに帰っていったよ。鰯は、おいらが頼めば猫六は子分の猫を総動員して港に向かうだろう。猫の動きはすばしっこい。それに加えて猫六の寸分の狂いもない指揮のもとで展開されるチーム活動は、まさに神出鬼没だ。漁師の目を盗んで、あっという間に沢山の鰯を盗んでいく。これで鰯調達任務は完了だ」

猪八のやつ、随分話を膨らませてやがるなと熊九は呆れながら聞いていた。まあ、膨らませたところは全部削ぎ落として残った僅かな芯のところを見ると、鰯の調達は大丈夫そうだということはわかった。それで、熊九は余裕の態度でこう言った。

「猪八は鰯調達について長々と熱弁を振るってくれた。だが、核心となるところはどこかで聞いたような気がする。まあ、それは大目に見ることにするが、気になることがある。猿酒の調達は、俺が猿七に頼んでやってもらう。これについて困る者は誰もいない。柊採集は炭焼きの平五さんにやってもらう。これについても困る者はいない。そこで、問題は鰯だ。これは格好をつけて鰯調達と言えるものじゃない。鰯の持ち主は漁師だ。だから、正確に言うと鰯窃盗だ。これは犯罪だ。この問題をどう解決するんだ」

猪八は、港での鰯窃盗現場を暢気(のんき)に思い浮かべながら涼しい顔で答弁を始めた。猪八の頭の中のスクリーンには、漁師が向こうを向いた隙に猫六がさっと右手を振る。すると、物陰に隠れていた子分たちがさっと現れる。それぞれ軽やかな動きで鰯を口に咥えると素早く姿を消す。そんな映像が繰り返し映されている。

「大将のおっしゃるとおり、鰯は漁師の所有物です。それは漁師が海で獲ってきたからです。漁師は魚を獲るのが仕事です。籠の中の鰯が少なくなったら、また海から鰯を獲ればいいのです。猫が盗ったくらいでは海の中の鰯の数は減りません。第一、漁師は窃盗犯が猫だなんて気がついていません」

熊九は牛鬼退治という大きなプロジェクトが動き出したこの大事なときに、鰯窃盗事件なんか起こしたくないと思っていた。もし、鰯を窃盗したというなら、何とか隠蔽したいとさえ思った。そんな不埒な思いで熊九は聞いていたが、猪八の理路整然とした答弁に不安が消えて安堵の吐息をついた。

「猪八、おまえの言うことはひとつひとつ筋が通っている。文句のつけようがない。だが、あとで振り返ってみると、何かちょっと違うような気がする。まあ、ちょっとくらいの違いなら気にしなくてもいいか。虎三、これで今回の議題は全部終わったかな。

では、みなさん、今日はどうもご苦労様でした。今日一日長い時間をかけて牛鬼退治というプロジェクトの発足式とその第一回作戦会議をやってきました。みなさんの積極的な発言や的を射たご意見が議事の進行を滑らかにしてくれました。また、みなさんそれぞれが実際に経験されたことを話してくれました。

これも、このプロジェクトの成功に大いに貢献してくれることでしょう。また、このような発言からみなさんの性格の一端が垣間見られたことも、これからの互いの意思疎通に役立つことと思います。

決定事項を確認します。

まず、役割分担です。私、熊九は大将、猪八は軍曹、虎三は軍師、炭焼きの平五さんは兵器担当です。

次は戦いの相手、牛鬼を知るということだった。牛鬼は兎に角大きい。目方も重い。走っても速い。まともに戦っても勝てない。見つかったら終わりだ。そんな恐ろしいやつだということがわかった。そいつはどうやら祈り山のてっぺんあたりに棲んでいるようだ。

猪八が牛鬼の居所を調べることに決まった。猪八、十分注意して調べてくれ。

それから、牛鬼の戦闘能力を弱らせることが何より大事ということだった。その糸口を探るため、牛鬼の好きなものと嫌いなものを調べた。

すると、酒が好きだということがわかった。牛鬼に好きな酒を浴びるほど飲ませて眠らせたら、やつの戦闘能力はゼロになる。これは最高の作戦だ。それで、これは俺、つまり熊九が猿七に頼んで猿酒を造ってもらう。明日にでも猿七に会ってきっちり猿酒を造ってもらうように俺が頼んでくる。そのときに猿酒造りに必要な日数も聞いておく。

それから、牛鬼の嫌いなものは柊のトゲトゲと鰯の生臭い臭いだということがわかった。柊のトゲトゲの葉っぱのついた枝は、炭焼きの平五さんに集めてもらう。これは平五さんの毎日の炭焼き仕事の中でやってくれるそうだ。

鰯は、猪八が猫六に頼んで調達してくれることになった。

最後になったが、虎三に頼んでおきたいことがある。虎三、おまえは軍師だ。軍師は頭を使うことが仕事だ。今回の議題には兵器はなかった。この次にじっくり兵器について検討する。そのときまでに、牛鬼をしとめるにはどんな兵器が有効か、よく考えておいてくれ。

第二回作戦会議は一週間後の朝、日の出とともに、この会議室で行う。そのときには猿七と猫六にも出席してもらう。議題は次のとおりだ。

一、猿酒造り

二、鰯調達

三、柊の枝採集

四、兵器製作

会議室の座席は今日と同じでいいだろう。時計に見立てて言うと、六時に熊九、九時に猪八、十二時に平五、三時に虎三だ。これは今日と同じだ。猫六には七時と八時の間くらいの位置に、猿七には四時と五時の間くらいの位置に座ってもらおう。

みんな、何か聞きたいことはないか。なかったら今日はこれで解散だ。どうも今日はご苦労だった」

四

次の日、牛鬼退治プロジェクトの首脳たちは、それぞれのミッションを果たすため東奔西走した。熊九は森の中に入っていき、木の上でどんぐりをかじっている猿七を見つけた。熊九が声をかけると、軽い身のこなしで猿七が木からおりてきた。熊九は猿七に牛鬼退治のいきさつや主要メンバーとその役割、みんなで検討した作戦の要点を簡潔に説明した。

「それで猿七さん、あんたに是非猿酒を造ってもらいたいんだ。素面(しらふ)の牛鬼は無敵だ。みんなが束になってかかっても勝てる見込みはない。だが、牛鬼を弱らせる方法がたったひとつある。それは猿酒だ。やつは酒には目がない。そんなやつの目の前に猿酒を置いてやる。やつは本能の赴くままに猿酒を飲む。すると酔っ払う。そのうち寝てしまう。こうなりゃ勝負はこっちのものだ。

そこでだ、猿七さん、牛鬼は兎に角、体がでかい。どのくらい飲むのかわからない。だから、できるだけ濃い猿酒が大量に欲しいんだ。やってくれないかな」

熊九の話を聞いて猿七は、自分が大変重要な仕事を頼まれていることを知り奮い立った。

猿七は胸を叩いて熊九の頼みを受け入れた。

「祈り山の平和を守るためだ。オレたち猿は一丸となって協力する。それに、熊九さんはオレの命の恩人でもあるから、喜んで引き受けるよ」

熊九は猿七の快諾に感謝した。

「ところで猿七さん、猿酒を造るためにはどれくらいの日数がかかるんだい」

猿七は猿酒造りの杜氏(とうじ)の顔になって答えた。

「猿酒造りには、寒くなる今の時季、つまり秋から冬がいい。材料は樫や椎の実、また山ぶどうなんかを使う。これを木のうろや岩の窪みなんかに入れて発酵させるんだが、満月から次の満月までの日数がかかる。発酵のさせ方を工夫したら濃いものができるかもしれない」

さすが猿七は猿酒造りのプロだなと感心しながらも、熊九はこのプロジェクトの活動期間は長いものになるなと悟った。最短でも一か月間だ。そして、最優先で着手しなければならないのはこの猿酒造りだということがわかった。

「猿七さん、俺は一日でも早く平和な祈り山を実現したいんだ。次の満月まで一週間ある。この一週間でおまえの仲間を全員集めて樫や椎の実や山ぶどうなど材料を集められるだけ多く集めておいてくれないか。ところで、おまえの仲間はどれくらいいるんだ」

話が切羽詰まってきたことを感じた猿七は、背筋を伸ばして身構えた。

「仲間は二十人ほどいます。全員駆り出して、今すぐにでも材料集めを始めます」

猿七の数詞の使い方は正しくないが、ここは話が切羽詰まってきたことに免じて大目に見てほしい。

熊九は大きく頷いて、話を締めくくった。

「一週間後は丁度満月だ。その日の朝、日の出とともに牛鬼退治の第二回作戦会議を俺の役宅で開催する。参加者は、猪八、虎三、炭焼きの平五さん、それにこの俺、熊九だ。この第二回作戦会議には、おまえ、猿七と猫六が初参加する。猿七さん、必ず来てくれよ」

こう言って熊九は猿七と別れた。

猪八は、山を下りて麓の村に向かった。猫六は藁葺き屋根の家の縁側で柔らかい日差しを浴びて丸くなっている。猪八は自慢の牙で猫六のお尻をツンツンした。目を開けた猫六に猪八は挨拶抜きで短く言った。

「猫六、おまえにしかできない大事な仕事がある。頼まれてくれないか」

そう言われた猫六は、命の恩人の猪八に、まさかいやですとはとても言えない。何も訊かずにこう言うしかなかった。

「はい、何でもやります」

猪八はニッコリ笑って頬にえくぼを作った。

「そうかい、そいつあ嬉しいな。猫六、話はちょいと長くなるんで、おいらもおまえの座っている横に腰を掛けてもいいかな」

そう言って猪八は腰を入れて、牛鬼退治の大筋を話して聞かせた。

「そういう訳で、凶悪な牛鬼をやっつけるためにはどうしてもやつが戦うことが嫌になるくらい困らせなければならないんだ。そこで猫六、おまえの出番だ。牛鬼が嫌いな鰯を沢山盗ってきてほしいんだ。おまえの仲間はどれくらいいるんだ」

何を頼まれるかと不安そうな顔をしていた猫六は、ほっとした顔になった。

「そんなことなど朝飯前です。オレの息のかかった精鋭が二十人くらいいます。そいつらはどいつもこいつもすばしっこくてぬかりのないやつらばかりです。情け容赦なく働いてくれます。そいつらを引き連れて港へ行き、漁師の目を盗んでいくらでも鰯を盗ってやります」

期待どおりの返事を聞いて、猪八は期待の大きさを表す張りのある声で猫六に言った。

「猫六、今日ほどおまえを頼もしく思ったことはないぞ。大いに手柄を立ててくれ。それで、一週間後の朝、日の出とともに熊九さんの役宅に来てくれ、牛鬼退治の第二回作戦会議があるんだ。おいらと虎三と炭焼きの平五さんは第一回作戦会議から参加している。第二回作戦会議には猿七さんも初参加することになっている。そのときに、おまえたちの鰯調達の正式な実行命令が下されるだろう。その前に、おまえたちはそれとなく下見をしてぬかりなく準備をしておけ」

こう言い置いて、猪八は祈り山へ引き返した。これから牛鬼の習性や居所を調べるのだ。炭焼きの平五さんは、麓の村では牛鬼を見たと言ったが、祈り山の中では見ていない。熊九さんも虎三も見ていない。しかし、牛鬼は必ず祈り山の中にいる。

見つけようとするものが小さいとなかなか見つけにくい。大きいものだと見つけやすい。だから、大きい牛鬼が小さいおいらを見つける前に、小さいおいらが大きい牛鬼を先に見つけられるはずだと考えるのは大変危険だ。

何しろやつは妖怪だ。どんな神通力を持っているかわからない。見つかったらおしまいだ。逃げようとしても逃げきれるものでない。

どこに牛鬼が潜んでいるかわからない。どんな小さな物音も聞き逃してはならない。どんな微かな臭いも嗅ぎ漏らしてはならない。空気の流れやあたりの気配に何か異変の兆しはないか。細心の注意を払いながら、しかし大胆に探りを入れ、牛鬼の習性を感じ取らなければならない。そんな意識を強く持ち、入念に祈り山のすべてを舐め尽くすように調べ回った。

こんな地味で辛く、また危険と隣り合わせの探索を何日も続けていくうちに、牛鬼の何かが感じられるようになってきた。そして遂に牛鬼の居所と思われる場所を見つけた。そこは熊九が言っていたような場所だった。ちょっとした公園くらいの広さがあり、平らに踏み均されていた。

ざっと見たところ、半径が五十メートルくらいはありそうな丸い形をしている。おそらく牛鬼がここで、毎日ある時間帯に牛鬼体操でもやっているのだろう。あるいは、力士のように四股(しこ)を踏んでいるのかもしれない。

そこで猪八は、この牛鬼の居所と思われる広く平らな場所を中心に、このあたり一帯を重点的に探索した。すると、ここから牛鬼が通って作ったと思われる獣道を見つけることはたやすかった。このように手応えを感じながら探索の輪を少しずつ狭めていった。

猪八の牙は凶器だが、使い方によっては感度の良いセンサーにもなる。どんな些細なものにも反応する。遂にその牙が、牛鬼が残した微かな妖気をとらえたのだ。この広く平らな所が牛鬼の本陣だと猪八は確信した。

猪八は翌朝、まだ暗いうちにねぐらを出た。そして、細心の注意を払って、牛鬼の本陣が見通せる少し距離の離れた薮の中に潜り込んだ。

本陣の真ん中に、黒い小山がぼんやり見える。

おそらく牛鬼だろう。牛鬼がいつ起きて、いつ出て行くのか、そしてどこへ行くのか、その後、いつ頃帰ってくるのか。猪八は、牛鬼の一日の行動を追跡する決意を固めた。そして、常に牛鬼の風下に位置するように移動しながら牛鬼を見張った。

あたりが明るくなってきても、牛鬼には起きる気配がない。

やっと十時頃になって牛鬼は起き出して、足を伸ばして欠伸(あくび)をしている。目が覚めてくると牛鬼はのそのそと本陣を出ていく。しばらくするとジャーという激しい水音がして、ボタッと重たいものが落ちる音がする。おそらく牛鬼が用を足しているのだろう。そのあと、ザッザッと何かを掻くような音がする。おそらく牛鬼がいま出した大きな塊を邪魔にならない所へ掻き出しているのだろう。

すっきりした顔で戻ってくると、いきなり全速力で向こうの端まで走った。向きを変えると、さっき走り出した所から少し位置をずらした所に向かって走ってくる。また向きを変えてというふうに、丸く広い本陣の中を万遍なく走り回っている。軽く三十分くらい走り回った牛鬼の動線は、規則正しく幾何学模様を描いている。

足の回転速度は猪八と同じくらいだが、一歩の幅が猪八より桁違いに大きい。つまり、牛鬼と猪八が駆けっこをしたら、牛鬼の圧勝だ。そのあと、牛鬼は本陣の隅から隅までが平らになるように、地面が出っ張った所を見つけては、そこで四股を踏んでいる。こんなことを気のすむまでやっている。

やがて牛鬼は本陣を出て、獣道の奥へ姿を消した。時刻はだいたいお昼前だった。

朝のまだ暗いうちからここに来て、ずっと緊張して牛鬼の行動を観察していたのでさすがにくたびれた。緊張を解いたとたん、猪八はいつのまにかうたた寝をしていた。はっと目を覚ますと、あたりは静かだった。夕方までもう少しだろう。迂闊だった。油断大敵だ。危なかった。でも、よかった。牛鬼はまだ帰ってきていない。

そう思ったときだった。獣道の向こうの方から、ドシン、ドシンと微かな音が聞こえてきた。

ひゃあ、目を覚ますのが少しでも遅かったら、おいらの命はなかっただろう。そう思うと、猪八はぞっとして冷や汗を流した。

やがて牛鬼は本陣に姿を現し、所定の場所に着くとごろりと体を横たえた。そして、ぐおーぶるぶると鼾（いびき）をかくまで五分とかからなかった。

ここまで見届けて猪八は果たすべきミッションの完遂を確信した。体の底から達成感と充実感が湧き上がり、体中を駆け巡った。それでも音を立てないようにそおっとその場を離れた。そして、牛鬼の本陣から十分すぎるほど離れたところで、やっと猪八は緊張を解いた。そして、猪踊り（しし）でもしているのだろうか、猪八はお尻を振りながら帰路を急いだ。

一方、炭焼きの平五はいつものように籠を背負い、炭焼き用の木を採りに山の中を歩き回っていた。目当ては樫の木だ。炭はおらが焼く備長炭に限るというのが平五の矜持だ。多少古い米でも、こいつの火力を借りたらうまい飯が炊ける。ありあわせの材料でも高級料理に仕上げられる。備長炭は、火力は強いし火持ちも良い。そういえば、そろそろ鍋が恋しくなる季節だなあ。

そんなことを思いながらあたりを見ると、太さが二十センチメートルは優にありそうな樫の倒木が転がっている。こりゃ立派な樫の木だ。ちょうど鍋敷きが欲しいと思ってたんだ。ちょいとこいつを輪切りにして持って帰ろうと、平五は腰に差していた鋸（のこぎり）を引き抜いた。鋸を挽き終えて腰を伸ばすと、近くに柊の木があった。こりゃ丁度いいと鋸を腰に収め、山刀に持ち替えた。一本の木から枝を落としすぎてはその木に負担がかかる。平五は枝を切り落とすとき心を配った。切り落とした柊の枝を籠に収めると、すぐに籠は一杯になった。今日はこれくらいにしておこうと平五は帰路についた。その後ろ姿を見ると、背負った大きな籠が、中に詰めた柊の枝とともにゆさゆさと左右に揺れている。はみ出した枝が籠からこぼれ落ちそうになっている。

そして腰には鋸と山刀を差している。一日の仕事を終え、夕日を受けて炭焼き小屋へ帰っていく平五の姿は力強く美しい。

次の日も平五は山の中を歩き回った。山の中には樫や椎の他にも松や桧、桜や楓などいろいろな木が生えている。それらの木々は元気に育っているか、木と木の間隔は程良くあいているか、風通しは良いか、日当たりは適当か、このようにどこか管理しなければならないところはないかと目を光らせている。気になるところがあると間伐したり、下草を刈ったりした。また、炭の材料として、その採り頃の見当をつけることも大事な仕事だ。

今日は昨日と違うところから柊の枝を採ろうと別の方向へ足を向けた。途中に竹林があった。村の人の中には竹炭を欲しがる人もいるので孟宗竹（もうそうちく）も採った。また、農作業に籠が必要なので真竹（まだけ）も採っていた。だから、炭焼き小屋の中には樫の木だけでなく、直径が十五センチメートルもある真竹や孟宗竹も備蓄している。平五は竹林を通り抜け、ずっと奥へ入っていった。

そのあたりには大きな松の木が沢山立っていて、平五によって余計な雑木や下草は綺麗に刈り取られている。この一帯は祈り山の中でも一番良く手入れされており、ゆったりと大きな松の木が立っている。地面には一本の枯れ枝も落ちていない。ここに立っていると、気分も良くなる。大きく深呼吸をして歩き出そうとしたとき、大きな赤松の周りに松茸が生えているのが目に映った。これはありがたい。今晩は松茸ごはんにしようと、平五は松茸を二本取って籠に入れた。

松林を通り抜け、しばらく進むと雑木林が見えてきた。中へ入っていくと、ここにも柊の木があった。幾本かの柊の木から少しずつ枝を切り取って籠に入れた。籠が一杯になるのにそんなに長く時間はかからなかった。今日はこれで切り上げだ。早く帰って松茸ごはんを作ろうと、にこにこしながら平五は炭焼き小屋へと急いだ。

こんなことの繰り返しで、一週間はあっという間に過ぎた。炭焼き小屋の周りは柊の枝が山になっていた。

さて、第二回作戦会議開催までの一週間、猪八が冷や汗をかいたり、炭焼きの平五が勤労の汗を流していたとき、虎三はどうしていたのか。

「おまえは軍師だから、頭を使った仕事をしろ。テーマは牛鬼をやっつける兵器の構想だ」

このように、虎三は大将の熊九から言いつけられている。命令の意図は至極明瞭だ。だが、その兵器の絵が曖昧模糊としていて、いくら目を凝らしても視界不良だ。頭を使うといってもなあ。頭を叩いても、いくら頭を振ってもカラカラという音さえしない。槍や刀を持ってかかっていっても、牛鬼がちょっと尻を振っただけで、剣のような尻尾で弾き飛ばされてしまうだろう。そうすると、飛び道具しかないなあ。石を投げつけても牛鬼の皮は硬い。少しも痛がらないだろう。

じゃあ、岩ならどうだ。でも、誰が投げる。

重くて誰も投げられない。飛び道具、飛ぶ……、ああ、ボクは飛んでいたんだ。強い風に乗って飛んでいたんだ。雲の上って空気が冷たくて気持ちがいいなあ。ボクはどこまで飛ばされるのだろう……。虎三は快適な飛行をしながらもふと不安を感じた。

そのとき、後方から勇壮な吹奏楽が聞こえてきた。

タンタカター　タッタタッタ　タッタター　タッタター

タッタター　タッタタッタ　タッタター

と、その音がだんだん大きくなってきたとき、虎三の不安は吹き飛んでいた。そして勇気百倍になって叫んだ。

「や、これは阪神タイガースの歌だ。六甲おろしの歌だ」

そして、聞こえてきた歌声に合わせて、虎三も少し歌詞を変えて歌っていた。

「六甲おろしに　颯爽と
蒼天翔ける　日輪の
青春の覇気　美しく
輝く我が名ぞ　弱虎　虎三
オウオウ　オウオウ
弱虎　虎三　フレフレフレフレ」

歌い終わってから虎三は「はて？」と首を傾げた。この歌で応援されている、歌詞を変える前の阪神タイガースという虎は、どのような虎だろう。応援されるぐらいだから、きっと弱いのだろうな。ボクより弱いのかなあ……。

そう思ったとき、虎三はなぜかほっとした。ボクが出会った猪吉も熊半も強かった。それで怖い思いもした。それがこんな空の上で、ボクと同じくらい弱い阪神タイガースという虎と、歌の世界とはいえ巡り会えるとは何という神の計らいだろう。弱い虎はボクだけじゃないんだ……。

ボクも阪神タイガースのようにみんなから愛され、応援される虎になろうと虎三は決心した。そしてさっき歌詞を変えて歌った歌に、「六甲おろし第二」と命名した。そして決意も新たにその歌を高らかに歌いながら思った。

ボクはここまで飛んできたんだ。

海の向こうの猪吉に飛ばされてきたんだ。

そうか、ボクが飛び道具になればいいんだ。

飛ぶことにかけては、ボクの右に出る者はいない。なにしろ、猪吉に二度も、あれ、三度だったかな、それくらい何度も飛ばされたんだ。飛ばされることには自信がある。でも、飛んでいって、牛鬼に当たる前に前足で払われたり、尻尾ではたき落とされたりしたら、虎死にだし、それをかいくぐって牛鬼に体当たりしてもボクは討ち死にだろうな。そうすると、ボクの体当たりを受けた牛鬼がどうなったかを、ボクは知ることができない。ボクは軍師だ。軍師は牛鬼の最期までしっかり見届けなければならない。ということは、ボクは飛んじゃいけないんだ。そうか、ボクの身代わりに飛んでもらえばいいんだ。そう考えたとき、虎三はなぜかホッとしていた。

それで、誰が飛ばすんだ。やはり猪八しかいないだろう。ボクが海の向こうで猪吉に飛ばされたとき、なんだか熊半がいたような気がする。猪吉がボクを突き飛ばそうとしたとき、熊半が猪吉の尻をバシッと叩いた音を聞いたような気がする。あれは幻視だったのかなあ。幻聴だったのかなあ。

そうだ、猪八の突進力に熊九さんの腕力を足したら、飛び道具の威力は二倍にも三倍にもなるだろう。よし、これで飛び道具の撃ち手は決まった。

あとはどんな飛び道具を作るかだ。つまり、ボクの身代わりだ。この山には木はいっぱいあるから、丸太に飛んでもらおうか。待てよ、ボクくらいの大きさの丸太だと重すぎないか。

猪八と熊九さんがタッグを組んでも、逆に弾き飛ばされるだろう。じゃあ、中をくり抜いたらどうだ。だめだ、そんな手間はかけられない。そうだ、竹ならはじめっから中空になってるし、要所に節があって補強もされている。たしか、平五さんの炭焼き小屋に太い竹が何本も置いてあった気がする。牛鬼に打撃を与えるのだから、短い竹では駄目だ。ボクの身長くらいの長さの竹を縦に長くして猪八に突いてもらおう。そうすると、竹の節の膜を猪八が突くことになる。竹の節の膜は弱いから猪八の牙が刺さって抜けなくなる。竹をつけたまま猪八が牛鬼めがけて突進する。

牛鬼の尻尾で払われたら、猪死にだ。それをかわして竹もろとも牛鬼に突撃しても猪八は討ち死にだ。これでは猪八がかわいそうだ。

そうだ、ボクのお尻のチタンの鎧のように竹のお尻にも硬いものを被せたらいい。備長炭を焼く平五さんの小屋には樫の木があるはずだ。太い竹の尻に樫の木の輪切りのパンツをはかせよう。これを猪八に突き飛ばしてもらったら、竹だけがロケットのように飛んでいく。でも、いくら猛烈な勢いで竹を飛ばして牛鬼に当てても、ちょっと痛がるくらいで大した打撃は与えられないような気がする。では、先を尖らせるか。これならおとなしいロケットではない。ミサイルだ。猪八と熊九さんが力を合わせて、高速で飛ばせば、牛鬼の体の硬い皮を突き破るはずだ。いくら凶暴で大きな牛鬼でも、これは痛いだろうな。どんな悲鳴を上げるのかなあ。このミサイルで集中攻撃してやったら、さすがの牛鬼も戦意を喪失するだろう。

ちょっと待てよ。もともと竹は中空だからそのぶん軽い。これに樫の木でつくったパンツをはかせている。このままだと全体のバランスが悪い。こんなのを飛ばしたら、尻の重みで真っ直ぐに飛ばないだろう。だから、当たったとしても刺さらないだろう。

そうだ、樫の木の輪切りの重さの分だけの鰯を竹の先から一節か二節分くらいに詰めてやれば、全体のバランスはとれるだろう。よし、これなら牛鬼も嫌いな鰯の生臭い臭いで困るだろう。こういうのを一石二鳥と言うんだろうな。ついでに、竹のミサイルに何箇所か穴をあけて、そこに柊の枝を差してやれば痛くさせることもできて一石三鳥になるな。

それではと、次の問題は、この竹のミサイルをどういう状態にして猪八に突き飛ばしてもらうかだ。

洗濯物を干すように吊るすか？　長い竹を一箇所で吊ると、ちょっとの風でもぶらぶら揺れて安定が悪い。では、二箇所で吊るすとどうだ？　それでも横からの風に揺れてしまう。

吊るのは駄目か。

では、滑り台みたいなものに載せたらどうだ？　それだと、猪八も竹ミサイルと一緒に飛んでいってしまう。弱ったな。どうしたらいいんだ。

ええっと、そもそも、この竹ミサイルはボクの身代わりなんだ。この竹ミサイルにボクの真似をさせればいいんだ。なあんだ、それなら、この竹にボクみたいに四本の足をつけてやればいいじゃないか。

虎三は行き詰まって、途中で投げ出しそうになるのを必死に堪え、また考えが堂々巡りしながらも軍師として大将熊九の期待に応えるため、粘り強く知恵を絞り考え抜いた。考え始めて一週間が過ぎようとした期限ぎりぎりのところで、ようやく次の作戦会議でプレゼンできる状態に漕ぎ着けることができた。

五

満月の日の朝、日が昇ると牛鬼退治プロジェクトの首脳たちが続々と熊九の役宅に集まってきた。先に決めたとおり、丸い会議室の時計で言うと六時の位置を熊九が占め、時計回りに九時に猪八、十二時に炭焼きの平五、三時に虎三が座った。新しく参加した猫六は七時と八時の間に、猿七は四時と五時の間に着いた。全員が揃ったことを確かめた熊九は、さっさと第二回作戦会議を始めた。

「みなさん、今日はよくここへ来てくれました。礼を言います。早速ですが、俺は一刻も早く牛鬼を処理したい。みなさんもそう思っているはずだ。そこで、この会議で、これが決定版だと胸を張って言える牛鬼退治の実行計画の策定とその方法を確定したい。そのためにはみなさんの知恵が必要だ。どんな些細なことでも構わない。経験でつかんだ知恵を全部出してくれ。この場に出された全部の知恵をここにいる全員が共有したい。あの巨大な無敵の牛鬼に勝つためには、みなさん全員の知恵に頼るしかない。的を射た意見を出してもらうために、もう一度俺たちの陣容を説明しておく。

この合戦の実行は、大将は俺、熊九が務め、軍曹を猪八が務める。その指揮をとるのは軍師の虎三だ。虎三には兵器の設計も兼務してもらっている。炭焼きの平五さんは主に兵器の製造をする。それと牛鬼を困らせるため、柊の枝を大量に集めてもらっている。猿七には、牛鬼を眠らせるため猿酒の醸造をお願いしている。猫六には、牛鬼の闘志を削ぐため、やつの嫌いな鰯の大量調達を、猪八を通してお願いしている。

さて、今日はみなさんのやることを有機的にうまく結びつけながら、結びつかないところがあったら、みなさんの知恵でなんとか結びつけたい。ポッカリ穴があいているのが見つかったら、みなさんの知恵でそれを埋めたい。何としても、みなさんと一緒によく考え抜いて隙のない攻撃体制を作りたい。今日から臨戦態勢に入る。目指す相手は牛鬼だ。やつの居所は、敵の本営と呼ぶことにする。それでは前回同様、軍師の虎三に議事進行を任せる。前回に決めた議題を順々に進めてくれ」

時計の三時の位置にいる軍師の虎三は、時計回りに猿七、大将の熊九、猫六、軍曹の猪八、そして十二時の位置の兵器製造の平五と見回してから議事の進行を始めた。

「みなさん、ご承知のように、この合戦の勝敗の鍵をにぎるのは猿酒です。この醸造には発酵という特殊な技術がいるということを聞いています。しかし、どのような原料を使うのかとか、できあがるまでどれくらいの日数がかかるのかとか、そのほかわからないことばかりです。猿七、このあたりから素人のボクたちにもわかるように説明してくれませんか」

猿七は、司会の虎三に頷いてから話し出した。

「猿酒の原料には樫や椎の実、また山ぶどうなどを使います。これを満月の夜、木のうろや岩の窪みに入れておきます。すると自然に発酵が進んで、次の満月の頃には猿酒になります。

それから、一週間前に熊九さんがオレのところへやってきて、「猿酒が大量に欲しい。オレの仲間を全員駆り出して、今からすぐに原料集めを始めてくれ」と言われました。オレには二十人の仲間がいます。オレはすぐみんなを集めました。そして、言いました。牛鬼を退治するためには大量の猿酒が必要だ。この山には樫や椎の木がいっぱいある。山ぶどうも沢山実がなっているはずだ。ケチケチしたしみったれた採り方はするな。採れるだけの原料を採ってこい。採ってきたら、それを片っ端から木のうろとか岩の窪みを見つけて、そこに入れていけ。今日からは、朝から晩まで原料を採りまくれ。そう言いつけています」

熊九は、右隣に座っている猿七に顔を向け、にっこりした。

「おお、そうかい、そいつは嬉しいな。ところで、あの大きい牛鬼がどれくらい猿酒を飲んだら酔っ払って寝てくれるのかなあ。誰か知ってる者はいないか」

すると、熊九の正面に座っている炭焼きの平五がかすれた声で話し出した。

「大人の男でちょっとした酒飲みは五合くらい飲んだら大抵酔っ払います。牛鬼の胃袋はおらたちの何倍くらいあるのかなあ。よくわからないが、仮に十倍、いや二十倍あるとしたら十升、つまり一斗くらいかな」

熊九は、目を丸くして猿七の顔を見た。

「聞いてのとおりだ。大変な量だが、頑張って造ってくれないか、猿七。そいつを飲ませて、確実に牛鬼を酔っ払わせて眠らせたい。だから、できるだけ濃いやつを造ってくれないか」

猿七は、左隣の熊九に顔を向け頷いた。

「これは平和のための戦いです。労力を惜しまず、大量の猿酒造りに尽力します。それから、発酵のさせ方を工夫すれば濃い猿酒も造れると思います」

ところでと、熊九は猿七に言った。

「今日は満月の日だ。次の満月の日には濃い猿酒が大量にできているってわけだ。それを誰がどうやって敵の本営まで運ぶんだ」

そうきたかと、猿七は身構えた。

「オレたち猿二十人が運びます。入れるものは、ええっと、持ちやすいもの、つまり竹筒がいい。ちょっと計算していいですか。十升の猿酒を二十人の猿が運ぶわけだから、一人〇・五升、つまり五合運べばいいことになる。

これを両手を使って運ぶとすると、片手に二・五合だ。そうだ、二・五合入る竹筒が四十本いる。熊九さん、二・五合入る竹筒を四十本作ってください。そしたら、オレたち二十人の猿が敵の本営まで運びます」

熊九は、正面に座っている炭焼きの平五の方を向いた。

「平五さん、そういうわけだ。二・五合入る竹筒を四十本用意してくれないか」

炭焼きの平五は頷いた。

「おやすい御用だ。炭焼き小屋には真竹がいっぱいある。こいつを二・五合入る長さに切ったのを四十本用意して、それらの竹の途中の節の膜を取り払ったらおわりだ。なあに、足りなくなったら、竹薮には太い真竹はいっぱい生えている」

小気味良く返ってくる平五の答えに乗って、熊九は小気味良く猿七に尋ねた。

「それで、その二・五合入る竹筒をもらったら、おまえはそこにどうやって猿酒を入れるんだ。手で掬(すく)うのか」

猿七は目を剥いて答えた。

「手を使っちゃいけません。雑菌が入ります。

小さな柄杓(ひしゃく)が二十本必要です。一人に一本ずつ持たせます」

熊九は平五に尋ねた。

「平五さん、柄杓が二十本いるんだが、用意してもらえるかな」

平五はすかさず答えた。

「村の桶屋に頼んで作ってもらいます」

熊九は猿七に質問する。その答えを聞いて平五に質問する。その答えを聞いてさらに猿七に質問する。こんなやり取りを楽しんでいる。そうなると、熊九の訊き方にもリズムが出てくる。熊九は顔を右に向けた。

「猿七、二十人の猿が小さな柄杓で木のうろや岩の窪みから猿酒を掬って二・五合入る竹筒に入れる。それを両手に持って、どこで何をするんだ」

猿七は、ポンとおでこを手で打った。

「猿酒の発酵には雑菌は厳禁なんです。それでつい柄杓の方へ全体重が乗ってしまいました。二十人の猿たちはそれぞれ両手に二・五合入った竹筒を持って、敵の本営へ向かいます。それで……」

すかさず、熊九は突っ込んだ。

「それで、どうするんだ。二十人の猿が入れ替わり立ち替わり、その二・五合入った竹筒で牛鬼に猿酒を飲ませるのか」

そう言って熊九は、猿七に片目をつぶってみせた。

「いえ、おかしら。じゃなかった、大将、大きな桶に入れるんです。だから、大きな桶が必要です」

熊九は猿七を見てにっこりと笑った。

「おまえには早くそのことに気がついてほしかった。でもな、こう言うこともできるんだ。おまえの頭が猿酒造りに占領されて、そのあとの運搬にまで頭が回らない。揚句の果てに雑菌が頭の中に入りそうになってモタモタした。ゴールの桶に辿り着くまで長い時間がかかったが、俺はその分、おまえとの白熱した議論を楽しむことができた。面白かったぜ」

ところでと、熊九は平五を見て言った。

「平五さん、今聞いたように、十升入る大きな桶がいるんだが、用意してくれないか」

平五は間髪を入れず答えた。

「その桶も、柄杓と一緒に村の桶屋に頼んで作ってもらいます」

ゴールの桶まで一気に議論が進み、猿酒造りに一応の決着をみた。虎三は次の議題に入ることにした。虎三は向かいに座っている猪八を見て、それから隣にいる猫六を見た。

「次の議題に入ります。鰯の調達です。これを使って牛鬼を困らせ、やつの戦闘能力を萎えさせるのです。猫六、既に猪八から聞いていると思いますが、牛鬼を困らせるためには大量の鰯が必要です。鰯調達の準備は進んでいますか」

猫六は待ってましたとばかり目を輝かせた。

「早速、精鋭二十人ばかり集めて、オレたちに与えられたミッションを噛んで含めるように言い聞かせました。野郎どもがよく飲み込んだことを確かめて、港へ出張りました。行くと漁師たちは暇そうにブラブラしてましてね。今日は日が悪いと見切りをつけ引き揚げました。次の日も、その次の日も行きましたが、やはり漁師たちは暇そうでした。その次の日になってようやく漁師に動きが出てきましてね、どうやら、少しずつ魚が獲れるようになってきたようです。これは盗れるときに盗っておかないといけないと思って、手下にハッパをかけているところです」

猫六の話を聞いてちょっと顔を曇らせた熊九は、景気をつけるように明るい口調で言った。

「猫六、自分を責めなくていい。魚が獲れないのはおまえのせいじゃない。どうやら、港は不漁のようだな。でも、ずうっと不漁のままってことはないはずだ。これからは本腰を入れて、毎日港へ出張ってくれ。鰯の臭いがしたら、かまわないから一匹残らず盗ってこい」

熊九の掛け声に勇気づけられた猫六は、勢い込んで話し出した。

「今は漁師の籠の中の鰯は少ないかもしれない。でも、その少ない鰯も、オレたちは情け容赦なく盗ってやる。そうしたら、漁師は漁をしなくてはならなくなる。なあに、話は簡単だ。籠の中の鰯が少ないのは、漁師にやる気がないからだ。海の中には鰯は腐るほどいる。漁師に活を入れてやれば、籠の中は鰯ですぐ一杯になる。それで、籠の中に鰯が沢山入るようになったら、もうこっちのものだ。

オレの手下の二十人は全員精鋭だ。みんなすばしっこくてぬかりがない。オレが采配を振れば、漁師に気づかれずに鰯の盗り放題だ」

さてと言って、熊九は平五を見た。

「平五さん、古いやつでいいから、鰯を入れる籠を用意してくれないかな。猫六たちが咥えてきた鰯を入れたいんだ」

「古いのでいいのなら、たしか二つほどあったはずだ。それを炭焼き小屋の横に置いておくよ」

平五がそう言うのを聞いて、熊九は猫六に言った。

「そういうわけだ。平五さんが炭焼き小屋の横に籠を置いてくれる。おまえの二十人の精鋭たちが咥えてきた鰯は、その中に入れるように言ってくれ。籠が鰯で一杯になることを期待してるぜ」

熊九の満足そうな顔を見て、虎三は鰯調達についての議論は尽くされたと判断して、次の議題へ進むことにした。虎三は右側にいる平五をちらりと見た。

「次の議題は柊の枝採集です。これは木を扱うのが本職の平五さんにお願いしているのですが、進み具合はどうですか」

平五は自信満々に答えた。

「一週間前から、普段と変わらず毎日山の中を歩き回って木の様子を見ている。どこにどんな木が生えているのか全部頭の中に入っている。太い真竹の生えている竹林の場所も知っているし、柊がどこにあるのかも手の内にある。普段の仕事のついでに柊の枝を切り落として、背負った籠に一杯になるまで詰め込んでいる。一週間でかなりの量を集めているが、もっというというなら、いくらでもとってやるよ」

熊九は厳しい顔で平五を見つめていた。

「平五さんの仕事が確かなことはよくわかっている。ここでみんなにも念を押しておきたいのだが、牛鬼ってやつは化け物だ。俺たちの常識は通じない。だから、みんながやっているどんなことも手を抜いちゃいけないということは当然だが、まあ、このくらいにしておこうかといった妥協は一切しちゃあいけねえ。これでもかというくらい徹底的にやるんだ。平五さんもそのつもりで山へ行ったら、これでもかというくらい柊の枝を切り落としてくれ」

こう言ったあと、熊九は何かを思い出したように猪八に顔を向けた。

「おっと、忘れるところだった。猪八には牛鬼の居所、つまり敵の本営を突き止めてもらうことになっていたな。どこだかわかったか」

思い出してもらってよかったと嬉しそうに笑ってから、猪八は報告した。

「大将のおっしゃったことがヒントになって、やっと見つけました。山のてっぺん付近なんですがね、まあ、半径がざっと五十メートルくらいの丸くて広くて平らな所があるんです。

そこが牛鬼の本営です。ここを見つけるのに随分手間取ったんですがね、見つけたときは胸が高鳴りました。そして、朝、日の出前の暗いうちから、夕方暗くなるまで、やつに見つからないように薮に潜んで見張りました。

すると、やつの一日の行動がやっとわかりました。牛鬼はよく寝るやつで、朝十時頃になってやっと目を覚まします。そして、一旦本営から出て行き、どこかで用を足して戻ってきます。すっきりしたところで、いきなり丸くて広くて平らな本営を隈なく走り回ります。走った軌跡は、まるで規則正しい幾何学模様のようです。この野郎は、案外几帳面なやつかもしれません。牛鬼が走り回るところをビデオカメラで撮って、あとで早送りしてみんなに見せてやりたい。感動ものだよ。

かれこれ三十分近く走り回ったあと、あちこち歩き回ります。そして、地面の凸凹した所を見つけては、そこで四股を踏むんです。こんなことを気が済むまでやって、やっと本営を出て行きます。これがだいたいお昼頃です。

やつは出て行ったきり、しばらく戻ってきません。夕方、暗くなる前になってやっと戻ってきます。戻ってきたら、本営の真ん中あたりでごろりと横になります。鼾をかくまで五分とかかりません。その鼾は凄まじく、まさに轟音です。これが、敵の本営と牛鬼の一日の行動の一部始終です。やつが本営にいないのは、お昼頃から夕方の暗くなる少し前までの間です」

みんなは興味津々で固唾を呑んで猪八の話を聞いていた。そして、みんなを代表して熊九が猪八の命懸けの隠密行動を労い、その手柄を称えた。

「猪八、怖かっただろ。よくそこまで調べてくれた。猪八が見つけてくれた敵の本営が、やつと雌雄を決する合戦の場だ。そして、俺たちがとる戦法は夜襲だ。まさに敵の寝込みを襲うのだ。あの化け物に勝つには、やつの不意を突くしかない。これがベストの戦い方だ。みんな、このことをしっかり頭に叩き込んでおけ。そして、各自の役割をどう果たせばよいか、しっかりイメージしてくれ。その上で、軍師、虎三の兵器の構想を聞こうじゃないか」

虎三は、みんなの注目を浴びて顔が火照るのを感じた。そして、落ち着けと自分に言い聞かせて、この一週間練りに練った渾身の兵器の構想を開陳した。

「そもそも、何がボクに、この素晴らしい兵器の構想をさせたのかというところから話を始めます。それは、ボクがここにいることと大いに関係しています。なぜボクがここにいるのか。それは海の向こうの村から飛んできたからです。正確に言うと、飛ばされてきたからです。これと兵器の構想とどう結びつくのかということですが……槍や刀を握って牛鬼にかかっていっても勝てる見込みはありません。牛鬼と戦うには飛び道具しかありません。

飛ぶことにかけては、ボクの右に出る者はいません。なにしろボクは二度も飛ばされているんです。飛ばされることには自信があります。ボクが飛ばされればいいんです。誰が飛ばすかということですが、海の向こうの村では猪吉でした。その陰に隠れて熊半もいたような気がします。この祈り山では、もちろん猪八です。ボクは飛ばされても一向に構いませんが、ボクが牛鬼に当たる前に虎死にしても、当たって討ち死にしても、ボクは牛鬼の最期を見届けることができません。それでは軍師の使命を果たしたことになりません。

軍師は死んではいけないのです。そこで、ボクの身代わりに飛んでもらいます。ボクに似せた丸太に飛んでもらうことも考えましたが、それでは猪八の首が体にめり込んで、猪八は使いものにならなくなります。それでは丸太をくり抜こうかと考えましたが、そんな手間はかけられません。それで、気がついたんです。初めから中が空のものを。そうです。竹です。平五さんの炭焼き小屋をちょっと覗いたとき、太い真竹が沢山あったのを思い出したんです。これなら、ボクの頭から尻までの長さくらいに竹を切るだけですみます。

ボクの身代わりといっても、影武者でなくていいんです。べつにボクそっくりに作らなくてもいいんです。ボクのように見えるだけでいいんです。これを牛鬼に向け、猪八が突進して飛ばすのです。でも、このままの状態で飛ばそうとしたら、猪八の牙が竹の節の薄い仕切りを突き破って、牙の先に竹を突き刺したまま、猪八まで飛んでいきます。

猪八は、あわれ討ち死にです。これでは猪八が気の毒です。猪八を救うのは、備長炭焼き名人の平五さんです。平五さんは樫の木を炭焼き小屋に備蓄しています。これを輪切りにして、竹のお尻を補強するんです。輪切りの厚さは、猪八の突進力を過大に評価しても二センチメートルもあれば十分でしょう。あまり厚くすると重くなって飛距離が落ちるし飛行速度も遅くなります。つまり、飛び道具としての威力が低下します。

ボクは万全を期して、薄いチタンのパンツをはいています。でも、ボクの身代わりの竹には同じ植物ゆかりの樫の輪切りの方が親和性があっていいと思います。その樫の輪切りに猪八が突進すると、樫の輪切りのパンツをはいた竹だけが飛んでいきます。そして牛鬼に当たります。トンという軽い音がして竹は弾かれます。牛鬼は何か飛んできて体に当たったなと感じます。痛くも痒くもないのです。牛鬼の体の皮は硬くて丈夫なんです。そこで、平五さんに剣の達人になってもらいます。腰に差した山刀を徐ろに抜き、下段に構える。肚に力を込めて、竹の頭の所を斜めにスパッと斬り上げる。見事に竹の先っぽは刺さると痛そうに鋭く尖ります。今度はこの竹を飛ばします。猪八は前足で二、三度地面を掻きむしってから突進します。コンと小気味良い音を残して、先の尖った竹が勢い良く牛鬼めがけて飛んでいきます。飛んでいった先から、ギャーという悲鳴が上がります。

先を尖らせた竹が見事に牛鬼の体の硬い皮を破り、深く突き刺さったのです」

車座に座っている首脳たちは、身を乗り出して虎三の話を聞いている。熊九はたまらず固唾をごくりと飲み込んで顔を上げた。

「虎三、でかした。今のおまえは、一週間前のおまえとは大違いだ。随分、軍師らしくなってきたじゃないか。俺は嬉しいぜ」

熊九をこのままにしておくとおしゃべりが止まりそうもないので、虎三は前足を上げて熊九の口にブレーキをかけた。

「熊九の大将、これじゃ駄目なんです。この竹はお尻に重い樫の輪切りのパンツをはいています。頭は平五さんの山刀でスパッと斜めに斬られて軽くなっています。頭の軽さとお尻の重さで全体のバランスが悪すぎます。飛ばされても重そうに尻を振ったり、軽い頭が重いお尻に振り回されてうまく飛べません。

そこで、軽くなった頭に、牛鬼の嫌いな鰯を詰めるんです。斜めになった切り口から一節か二節まで鰯を詰めると、尻の重さと釣り合いがとれます。ついでに竹のところどころに穴をあけて、柊の枝を差してやりましょう。

体に刺さった竹を前足で払おうとしても、柊のトゲが痛くて取れないでしょう。でも、まだ問題があるんです」

「ええい、じれったいな。虎三、早くその先を聞かせろ」

熊九はいらいらしてきた。虎三は、そんなに慌てると貰えるものが少なくなるよと落ち着き払って続きを話した。

「この先の尖った、そして尻を樫で補強した竹をどういう状態にして発射するのかという問題です。地面に置いたのでは、いくら足の短い猪八でも、突こうとしたら顎を地面で擦ってしまいます。では、紐で吊ってみましょうか。風に揺れて竹がぶらぶら揺れます。突きの名人の猪八でも空突きしてしまいます。そこで、足をつけることにしたんです。さっきも言ったように、ボクそっくりの影武者でなくていいんです。ボクに似ていればいいんです。足もやっと立つことができればいいんです。細い竹の足をつけます。逆にボクのように逞しい足をつけると、風の抵抗を受けて理想の飛びの支障になります」

ここは歓声を上げるときだろうと、熊九が吠えた。

「ブラボー、虎三、おまえは天才の軍師だ。おまえをこの祈り山の名誉山民にしてやる」

この祈り山の鑑(かがみ)だ。よし、決めた。おまえをこの祈り山の名誉山民にしてやる」

虎三は嬉しかったが、そこは軍師だ。ぐっと心を鬼にして前足を熊九に突き出した。

「大将の熊九さん、まだ続きがあるんです」

「なんだとお、この先にまだ何かあるのか。

おまえ、何か企んでるな。名誉山民じゃ物足りないのか。じゃあ訊くが、おまえは一体何が欲しいんだ」

虎三は、熊九の寝言をさらりとかわして言った。

「一応これで飛び道具としての完成度は十分に上がりました。そこで、この兵器を竹ミサイルと名付けることにします。この竹ミサイルは、合戦の火蓋を切るときに使います。それは、一斗の猿酒を意地汚く飲んで、だらしなく鼾をかいて寝ている牛鬼の寝込みを襲うときであり、闇討ちということばがぴったりです。しかし、それはずるいと牛鬼から恨まれます。そこで、夜襲ということにします。

夜襲を受けて牛鬼の体のどこかに竹ミサイルが刺さります。イッデーと喚いて牛鬼は立ち上がります。その反動で刺さった竹ミサイルが揺れて中から腐りかけた鰯が飛び散ります。グッセーと鼻をつまみます。そのとき、竹ミサイルに差した柊のトゲに前足を擦ってイッデーと泣きます。ここまでが一発目の竹ミサイルの役目です。竹ミサイルを一発くらったくらいでは牛鬼は絶命しません。体のどこかに竹ミサイルが刺さったまま牛鬼は後足で立ち上がっています。そこで、二発目の竹ミサイルには、中腰のような体勢をとらせ、高い所にねらいをつけます。そのため、前足の長さを後足の長さの倍くらいにします。この状態で二発目の竹ミサイルを撃ち込んでやったら、牛鬼の体力はかなり消耗します。そこをねらって、三発目の竹ミサイルでゲームセットです。この止(とど)めの竹ミサイルは、竹の長さが二倍です」

今度こそ、虎三に邪魔されず存分にしゃべれそうだと熊九は思った。

「止めの竹ミサイルまで考えているとは恐れ入った。軍師の虎三さんよ、さっきは名誉山民にしてやると言ったが、もう一階級特進して名誉四国民に推薦してやる。

さて、このへんでいよいよ合戦の場面に目を転じよう。合戦の場は敵の本営だ。そこはだだっ広く平らで丸い形をしている。敵は昼頃、そこを出て行きどこかへ行っている。夕方まで帰ってこない。敵が留守の間に、一斗入る桶を敵の本営の真ん中に置いておこう。

おい、誰が桶を運ぶんだ」

ぐるりと周りを見回して、熊九は平五のところで目を止めた。お、おらかと平五は人差し指で自分の顔を差し、仕方なく口を動かした。

「桶は桶屋に頼むことにしています。ついでといっちゃなんですが、煽てたりすかしたりして何とか決行日までにこの本営近くまで運んでもらいます。麓から山のてっぺん付近の本営までかなりの距離があります。登りの道も険しいです。欲ばらず小刻みに運び上げてもらいます」

熊九は嬉しそうに大きく首を縦に振った。

実は、ここにいるものの中で一番力が強く、一番暇そうな自分が運ぶことになるのではないかと戦戦兢兢としていたのだ。

「それはありがたいな。平五さん、桶屋によろしくお願いしてくれ。そこまで桶屋に運び上げてもらったら、そこからこの本営のど真ん中に、この俺が運んでやる。そこまで俺がやったら、そのあとはどうするんだ、猿七」

話を振られた猿七は、すかさず答えた。

「オレの仲間の猿たちは、大将の率先垂範を無駄にはしません。両手に猿酒の入った竹筒を持ち、大将の影を踏まないように後ろで勢揃いしてます。そして厳かに行進して桶に猿酒を注ぎ込みます」

どうやら俺にも威厳が出てきたようだなと、熊九はニンマリした。

「夕方になって牛鬼がこの本営に帰ってくる。

その真ん中に、大好きな猿酒が桶の中からいい匂いをさせている。牛鬼はどうすると思う」

熊九はみんなを見回し、猿七のところで目を止める。熊九の目に促されて猿七が慌てて答えた。

「の、飲むと思います」

さらに熊九はみんなを見回し、今度は暇そうにしている猫六のところで、その目を停止させた。

「やつはどうなる」

不意を突かれた猫六は、慌てふためいて口をもぐもぐさせた。

「酔います」

熊九は猫六を睨みつけた。

「一斗の酒だぞ。酔うだけか」

熊九の集中砲火を浴びて、猫六は落城寸前だ。

「酔っ払います」

熊九はさらに目を剥いて、猫六を威嚇した。

「そうだろ。一斗も飲まれるんだ。酔っ払ってもらわなきゃ俺が困るんだ。それより、俺が知りたいのはその先だ。猫六、俺に教えろ」

熊九の掴みかからんばかりの剣幕に、猫六はたじたじだ。

「オ、オレは寝ると思います。寝てほしいと思います」

頭に血が上った熊九は、猫六に襲いかかった。

「俺が知りたいのは、牛鬼が寝るかどうかだ。おまえの願望じゃない。寝るのところで、ことば止めろ。おまえが寝てほしいなんて言ったら、俺は不安になる」

猫六はおたおたしながら言い切った。

「寝ます」

熊九はさらに追及して、猫六に余裕ができる暇を与えなかった。

「そうだろうな。やつは今、本営のど真ん中で寝ている。俺は、やつが目を覚ましても、そこから一歩も歩けないようにしたいんだが、おまえならどうする」

熊九の脅しを受けて、猫六はいまにも泣き出しそうだ。

「どうするもこうするもないでしょう。鰯を撒いてもただ臭いだけだし。柊のトゲトゲを撒くしかないでしょう」

熊九はここが決め所だと、一気呵成に攻めたてた。

「だれが柊のトゲトゲを撒くんだ」

猫六は、もう目から涙が溢れそうになっている。

「オレたち猫がやるしかないでしょう」

そう言い終わったあと、猫六はポタリと大粒の涙を落とした。

この宣言は、猫六が危険を承知の上で、自らすすんで言ったことで、俺が言わせたわけではない。そんな白々しい顔で熊九は猫六に引導を渡した。

「その柊の枝は山ほど必要だ。平五さんが毎日山に入って山中の柊の枝を山刀で切り落としている。その場所は平五さんがよく知っている。その山ほどの枝を決戦の日までにこの本営のそばまで運んでおかなければならない。その沢山の柊の枝を牛鬼が寝ているところを中心に、半径十メートルくらいの円の中に、やつに気づかれないように、びっしり撒かなきゃならないんだ。おまえ、ついさっき俺に言ったよな。

それではおさらいする。いま、俺が言ったことをそっくり全部まとめて一体、誰がやるんだろうな」

猫六はもうすっかり諦めた。熊九の執拗な拷問から逃れるためには、牛鬼に踏み潰されてもいいと思った。

「やります。きっちりやります。オレたちが必ずやり遂げてみせます」

熊九はやる気を見せた猫六を見て表情をがらりと変えた。そして口調も変わって優しくなった。そして猫六を褒め称えることを忘れなかった。

「そうかい、猫六、やってくれるか。とても危険な仕事だが、おまえたちにしかできないんだ。がさつな俺や猪八がやったんでは、ドタバタと音を立てて、すぐに牛鬼に気づかれてしまう。おまえたちは小柄で身が軽い。歩いても走っても物音ひとつ立てない。成功率は百パーセントだ。安心しろ。おまえたちならできる。

その代わりといっちゃあなんだが、俺もおまえたちの仕事に手を貸してやる。おまえたちは港の漁師から鰯を盗ってきて、平五さんの小屋の横に置いている籠に入れるんだろ。その籠を俺が決戦の当日までに、この本営の近くまで運んでおいてやる。これがギブエンドテイクってやつだ。どうだ、猫六、気は済んだか。

さてと、いよいよ最後の詰めの確認だ。軍師の虎三さんよ、合戦の陣立てはどうするんだ」

ついさっき、虎三は大将の熊九に名誉四国民に推薦してもらった。そのご挨拶をしようと黄金仮面に手をかけた。そのとき、黄金仮面を取ったら何が出てくるか、とっさに気づいた。出てくるのは髭も生毛も無いつるつるの顔だ。そんなものを見せたら、みんな、この場から一目散に逃亡するだろう。虎三は気の緩みを戒しめ、黄金仮面にかけた手に力をかけて、ぐっと顔に押しつけた。

「敵の牛鬼を中央に置いた十字の陣を敷こうと思います。中心の位置にいる牛鬼から半径十メートルの円内は、猫六たちの手というより口で柊のトゲトゲの葉っぱがついた枝がびっしり撒かれています。この円の外側の半径二十メートルの円内は緩衝地帯とします。そして、中心から三十メートル離れた四箇所に竹ミサイルを設置します。二箇所の竹ミサイルは牛鬼を挟んで真っ直ぐに向かい合っています。もう二箇所の竹ミサイルは、これと直角に、牛鬼を挟んで真っ直ぐに向かい合っています。このように、敵を十字に取り囲むので十字の陣と言います。たった一匹の敵を攻撃するのに最も効率の良い陣立てです。

仮に時計に見立てて、六時の位置を一の陣と呼ぶことにして、これが本陣です。本陣には熊九さんと猪八と猿七がつきます。あと時計回りに、九時を二の陣、十二時を三の陣、三時を四の陣として、それぞれ精鋭の熊、猪、猿が配置につきます。猿は二十匹いますから、残りの十六匹は四匹ずつ四箇所の陣の間に散り、ボクの合図を待ちます。足元には十分な量の鰯を忘れずに置いていてください。ボクは櫓（やぐら）の上で後足で立ちます。黄金仮面の上から藍染めの手拭いで鉢巻をして、日の丸を描いた扇子を広げてそれに差しています。

料金受取人払郵便

新宿局承認

2523

差出有効期間
2025年3月
31日まで

（切手不要）

郵便はがき

1 6 0-8 7 9 1

1 4 1

東京都新宿区新宿1－10－1

(株)文芸社

愛読者カード係 行

ふりがな お名前		明治 大正 昭和 平成 年生 歳
ふりがな ご住所	□□□-□□□□	性別 男・女
お電話 番号	（書籍ご注文の際に必要です）	ご職業
E-mail		
ご購読雑誌(複数可)		ご購読新聞 新聞

最近読んでおもしろかった本や今後、とりあげてほしいテーマをお教えください。

ご自分の研究成果や経験、お考え等を出版してみたいというお気持ちはありますか。

ある　　ない　　内容・テーマ（　　　　）

現在完成した作品をお持ちですか。

ある　　ない　　ジャンル・原稿量（　　　　）

書　名				
お買上 書　店	都道 府県　　　　市区 郡	書店名	書店	
		ご購入日	年　　月　　日	

本書をどこでお知りになりましたか?

1.書店店頭　2.知人にすすめられて　3.インターネット(サイト名　　　　)

4.DMハガキ　5.広告、記事を見て(新聞、雑誌名　　　　)

上の質問に関連して、ご購入の決め手となったのは?

1.タイトル　2.著者　3.内容　4.カバーデザイン　5.帯

その他ご自由にお書きください。

(　　　　)

本書についてのご意見、ご感想をお聞かせください。

①内容について

②カバー、タイトル、帯について

弊社Webサイトからもご意見、ご感想をお寄せいただけます。

ご協力ありがとうございました。

※お寄せいただいたご意見、ご感想は新聞広告等で匿名にて使わせていただくことがあります。

※お客様の個人情報は、小社からの連絡のみに使用します。社外に提供することは一切ありません。

手には必勝と書いた軍配うちわを持っています。

ボクは軍配うちわを高く掲げ、『位置について』と号令します。

すると、猿は竹ミサイルを設置します。猪はその後ろに追突の構えを取り、竹ミサイルの尻を補強している樫の輪切りに牙を当てます。熊は猪の尻が叩ける位置に後足で立ち、利き足の方の前足を猪の尻に当てます。

次にボクが『用意』と号令します。

すると、猿は竹ミサイルから少し離れます。猪は竹ミサイルの後ろに十メートル下がります。熊はそのままです。

次にボクが『走れ』と号令します。猪は竹ミサイルめがけて全力で走ります。猪が竹ミサイルに追突する直前に、ボクが軍配うちわを大きく振って『うて』と号令します。

すると、熊は思いっきり猪の尻を張り飛ばします。

このとき、各陣の間で待機していた、それぞれ四匹、合わせて十六匹の猿は一斉に牛鬼めがけて鰯を投げつけてください。この鰯で牛鬼に傷を負わせるわけではありませんから、命中させなくても構いません。大事なことは牛鬼に嫌いな鰯の生臭い臭いを嗅がせることです。できるだけ牛鬼の近くに落ちるように投げてください。

そうすると、寝ている牛鬼の体にうまくいくと四本の竹ミサイルが刺さります。そして竹ミサイルの先から、詰めていた鰯が飛び散ります。イッデー、グッセーと牛鬼が喚いて後足で立ち上がろうとします。そのとき、四方の猿たちから一斉に鰯が投げつけられ、足元にポタポタと落下します。強烈な臭いが牛鬼の周りから湧き上がります。グッセー、グッセーと喚き、牛鬼は地団太を踏みます。すると、足元に撒かれた柊のトゲを全体重をかけた牛鬼の素足が踏んでしまう。イッデーと悲鳴をあげ、飛び上がります。落下するスピードをつけて着地した素足が柊のトゲを思いっきり踏んづけてしまう。これは痛い。イッデー、イッデーと、さすがの牛鬼も泣きだす。

もう牛鬼は、戦うどころではなくなっている。

逃げようとしても、牛鬼の周りに撒かれた柊のトゲが通せんぼうをしている。それより先に、柊のトゲで足の裏に負った傷が痛くて歩けなくなっている。

猪は竹ミサイルを突き飛ばした後、緩衝地帯の中までなら走っても構いませんが、それより先には行かないように気をつけてください。そうしないと、柊のトゲで自分まで足の裏を傷つけてしまいます。ボクは味方の犠牲は出したくありません。これで一回目の竹ミサイルの発射は滞りなく終了です。

二回目の竹ミサイルの発射は一回目とほとんど同じです。違うのは竹ミサイルの態勢です。二回目の竹ミサイルの前足の長さは一回目のものより二倍くらい長くなっています。ボクの言う『位置について』で、猿が竹ミサイルを設置する。竹ミサイルの尻に猪が牙を当てる。熊は猪の尻に前足を合わせる。

ボクが『用意』と言ったら、猿は竹ミサイルから少し離れる。猪は竹ミサイルの後方十メートルまで下がる。熊はそのまま猪が走ってくるのを待つ。

次にボクが『走れ』と言ったら、猪は全速力で竹ミサイルめがけて突進する。猪が竹ミサイルに追突する寸前に、ボクが軍配うちわを振って『うて』と言う。

熊は走ってくる猪の尻を思いっきり叩く。

各陣の間に散っていた十六匹の猿たちは一斉に牛鬼めがけて鰯を投げつける。みなさん、もう予行演習しなくても要領は飲み込めましたよね。体に八本の竹ミサイルが刺さった牛鬼は息も絶え絶えです。

三回目の竹ミサイル発射は一の陣だけで行います。確認しておきますが、配置につくのは熊九さんと猪八と猿七です。使う竹ミサイルの全長は、これまでのものの二倍の長さです。この竹ミサイルを発射したら、牛鬼の命は保証の限りではありません。牛鬼は地獄に落ちるでしょう。使うか使わないかは、大将の熊九さんに一任します。大将がやると言ったら、ボクは櫓の上から軍配うちわを振り、合図の号令を発します」

熊九は前足組みして、うーんと唸った。

「害悪の限りを尽くす牛鬼は生かしちゃおけない。しかし、そんなやつでも生きる権利はある。問答無用で処理するわけにはいかない。

そうだ、やつにチャンスを与えよう。改心して、神に誓って平和を愛しますと心からの声で言いきったら、許してやってもいい。もし、苦しまぎれの言い逃れを言おうものなら容赦はしない。思いっきり猪八の尻を張り飛ばしてやる」

熊九は大事な議論はすべて終わったと判断した。そこで、決戦の日までに各自がやらなければならない作業にやり残しがないように、念のため今日決定したことを確認することにした。

まず、猿七は猿酒造りに精を出せ。大量の猿酒を造るんだ。それもできるだけ濃いやつだ。そのために、原料の樫や椎の実や山ぶどうなど採りまくれ。次の満月の日までにやり遂げてくれ。

次は猫六だ。漁師にやる気を出させて、大量の鰯を盗ってこい。盗ってきた鰯は、平五さんの炭焼き小屋の横に置いてある籠に入れていけ。

次は平五さんだ。平五さんにはやってもらうことがいっぱいある。まず、猫六たちが咥えてきた鰯を入れる籠を炭焼き小屋の横に置いてくれ。それから、桶屋に頼んで一斗の猿酒が入る桶を作ってもらってくれ。できあがったら、その桶を小刻みに祈り山の上へ上へと仮置きしながら運んでもらえ。それから、猿酒を掬う柄杓二十本も桶屋に頼んで作ってもらえ。二・五合入る竹筒四十本は平五さんが作ってくれ。柄杓と竹筒は、次の満月の日までに間に合わせろ。その合間に山に入って柊の枝落としを存分にやるんだ。切り落とすだけでいい。小屋まで運ぶ必要はない。猫六たちに敵の本営近くまで運んでもらう。

それから、一番大変なのが、虎三が設計した竹ミサイルの製造だ。

虎三は平五さんに付きっきりで指図してくれ。竹ミサイルの製造に必要なのは太い真竹と硬い樫の木の輪切りだ。

前足と後足の長さが揃った竹ミサイルが四機と、前足の長さが後足の二倍の竹ミサイルが四機だ。それともう一機。竹の長さがこれら八機の竹ミサイルの二倍で、前足の長さが後足の三倍か四倍かわからないが、後足で仁王立ちになった牛鬼に止めをさす竹ミサイルが一機だ。

それから、軍師の虎三が指揮をするために櫓が必要だ。平五さん、虎三の意見をよく聞いて作ってくれ。それから、藍染めの手拭いと日の丸の絵を描いた扇子を調達してくれ。

それともうひとつ、必勝と書いた軍配うちわも用意してくれ。

平五さんにはやってもらうことが沢山あってまことに申し訳なく思っている。必要なら手のあいているやつは猪であろうが猿であろうが猫であろうが、だれでもこき使ってくれてかまわない。その権限をいま平五さんに与えることにする。

さあ、これで二回目の作戦会議はお開きにしようと思うが、みんな何か言いたいことはないか。そうか、みんなは言いたいことは全部言ったようだな。では、解散する前に、明日のことを言っておこう。明日は敵の本営を下見する。祈り山を登りながら、いろいろみんなで確認しておくことがある。例えば、平五さんがあっちこっちで柊の枝を切り落としている。その場所を猫六たちは全部知っておかなければならないだろう。桶屋は小刻みに桶を運びあげると言ったな。平五さんは桶屋がすぐわかるように、小刻みに桶を運び上げ、仮置きする場所に何か印をつけなきゃならないな。

ほかにも何かそのとき気がつくことがあるかもしれないから、時間に余裕をもって敵の本営の下見をしようと思うんだ。だから、すまないが、朝飯を早めに食って、朝八時に、この俺の役宅に集まってくれないか。では、これで解散だ。みんなご苦労だった。

六

翌日の朝八時前には炭焼きの平五、虎三、猪八、猿七それに猫六の全員が熊九の役宅前に来ていた。ギ、ギと重い音を立て、戸を開けて熊九が門から出てきた。門の外で勢揃いしている者たちに向かって大将の熊九は肚に力を込めて言った。

「挨拶なんかしてる暇はない。今日、今からやるべきことは昨日全部言ってある。ただ、十分気をつけて下見をしてくれ。どこに牛鬼が潜んでいるかわからない。やつがいるかいないか気配を探りながら、できるだけ静かに行動するんだ。

肝心な要点だけ言っておく。今日の眼目は敵の本営の視察だが、そのほかにも二、三ある。ひとつは平五さんが切りまくった柊の枝の落ちている所を全部覚えなきゃならない。だから、ここを出発したら、まず平五さんの先導に全員が従う。そのあとは平五さんから猪八に襷をつないで、猪八の案内で敵の本営に向かう。

桶屋は小刻みに大きな桶を山のてっぺんにある敵の本営近くまで運ぶと言ったな。そこで、平五さんは何箇所か桶の仮置場を見繕ってそこに印をつけてくれ。ここに俺の白い手拭いを裂いたものを束にしてある。これを仮置場近くの適当な木に結んで桶屋がわかるようにしてくれ。あとは各自、自分が担当するものを敵の本営近くのどこに置いておくのがよいか考えながらしっかり視察してくれ。これから先はもう無駄口はきくな。では、平五さん、俺たちを先導してくれ」

みんなは黙って足音も立てず、静かに山に入った。平五が最初に到着した所は、背の高い雑草が生い茂った場所だった。これを見た熊九は、猪八をぐっと睨んだ。

「猪八、えらく背の高い草がぎっしり生えてるな。おまえは、こんな小さな猫六がこんな所を歩いたり走ったりできると思うか」

いきなり熊九から、わかりやすいようで何かよくない魂胆があるような問いかけに、猪八は虚を突かれ言葉に詰まった。それでも気性の荒い猪八は、熊九を睨み返した。

「無理でしょうなあ」

期待どおりの返答に、熊九は勢いづいた。

「では、誰なら走れると思う。俺はこんなところを走れるやつの顔が見たい」

熊九は目に思いっきり力を込めて、猪八をじろりと睨んだ。この脅しは効いた。猪八は渋くなったり情けなくなったりと様々な表情を見せた。そうしながらも、おいらが一番暇なことを熊九は見抜いているのだと気づき、猪八は落胆した。猪八の顔の表情は、点滅する渋面と情けないから諦めに変わった。

「足は短くても、猫六より大きく、気性も荒いおいらしか走れない」

猪八は、荒い気性と諦めを点滅させた顔を熊九に見せた。その顔を見た熊九は、とっさに猫六に顔を向け、そっと笑った。猫六は信号のようにめまぐるしく変わる猪八の顔が面白く、でも笑ってはいけないと、ぐっと口に力を入れていた。でも、たまらずどっと安堵らだなあと思ったら、とたんに愛おしくなった。

「猫六、昨日は話の流れでおまえに柊の枝運びを頼んでしまった。だが、今、この現場を見て、おまえには無理だと悟った。昨日のおまえの泣きそうな顔を見たとき、気づいてやればよかったが、俺にはそんな力量がなかった。無理難題を言ってすまなかったな、猫六。そして、猫六には無理だ、自分にしかできないと真っ先に気づいたのは猪八だ。さすがに猪八の眼力は評判どおりだ。そして、自らすすんで運びますと言ってくれた。気性は荒いが、こんな大物の猪八が仲間にいてくれて本当に俺は鼻が高い。

猫六から柊の枝運びの任を解く。猫六は鰯盗りに専念してくれ。猫六の代わりに、頼りになる猪八に柊の枝を運んでもらう。牛鬼との決戦の日の前日までに、敵の本営のすぐそばまで柊の枝を山ほど運んでおいてくれ。運び方は桶屋のように小刻みでもいいし、一挙にやってもいい。猪八とその仲間の判断に任せる。

さあ、平五さん、ほかの柊の枝が落ちている所を全部教えてくれ。猪八、その場所をしっかり頭に叩き込んでおけ」

その後、平五はみんなを連れて柊の枝を切り落とした所を隈なく歩き回った。そこはどこも雑木が生い茂り、下草も深かった。足の短い猪八は「走ります。柊の枝を運びます」

と宣言したことが短慮だったと自分の短い足を見ながら嘆息した。

そんな重い短い足を引きずりながら、猪八は敵の本営へとみんなを先導した。悲しいことに猪八を深く後悔させた張本人の熊九が、自分のすぐ後ろを歩いている。しかし、敵の本営が近づくにつれ、牛鬼の怖さを思い出し、あたりに気を配った。

平五は先導する猪八について行きながら、適当な桶の仮置場を見つけると、桶屋がすぐわかるようにと、熊九に貰った白い布きれをそばの木に結わえていた。

熊九は鰯の仮置場を探していた。望む場所は、鰯の生臭い臭いが牛鬼に届かず、敵の本営に最も近い場所だ。あちこち見当をつけていたが、やっと最適な仮置場を見つけた。

柊の枝の置き場探しには、猪八は何の苦労もいらなかった。なにしろ、木の枝を隠す場所を森の中に求めているのだ。敵の本営の外ならどこに置いても見つからない。

平五が柊の枝を切り落とした場所をすべて確認したり、桶の仮置場を探したりしながら祈り山を登ったので、てっぺん付近に一行が到着したのは昼を少し過ぎた頃だった。熊九は既に櫓を隠しておく場所を決めていた。この本営のすぐそばの木の陰だ。

幸い敵の本営はもぬけの殻だった。熊九は敵の本営の真ん中へ行き、そばに来るよう、みんなを呼び集めた。熊九は気を引き締めるように口を固く閉じ、みんなを見回した。そして、徐ろに話し出した。

「ここは俺たちの敵、牛鬼の本営だ。ここでやつと戦う。決行日は次の満月の夜だ。牛鬼は、今、俺の立っている所で寝起きしている。

やつはいつも昼過ぎから夕方までここにいない。やつの留守中に俺が一斗入る桶を、今俺が立っている所に置く。すかさず、猿七とその仲間たちは竹筒に入れた猿酒をこの桶の中に入れる。そしたら、一旦、みんなはこの本営から外に出て、牛鬼の帰りを待つんだ。やつは帰ってきたら必ず好きな猿酒を大喜びで、一滴も残さず飲む。そして夜に入った頃には泥酔して深い眠りに入っている。やつが無防備に寝ているこの隙を突いて夜襲を決行する。

おまえたちはみな夜目がきく。でも、明るい方が動きやすいだろう。その日は満月だ。篝火(かがりび)がいらないくらいの明るさがあるはずだ。

軍師の虎三が、猫六、おまえの顔を見て、柊の枝を撒けと、軍配うちわを振って合図する。猫六たちが動き出したら、俺たち、熊九と猪八と猿七とその手の者たちは一斉に十字の陣を敷く。猿たちは一の陣から四の陣までの各陣に二機の竹ミサイルを設営する。そして、残った猿七の手の者十六人は、各陣の間で大量の鰯を用意して待機する。俺、熊九は本営のすぐ外に隠しておいた軍師が乗る櫓を取ってきて、一の陣と四の陣の中間あたりに設営する。軍師の虎三はこの櫓の上に立ってくれ。あとは昨日打ち合わせたとおりだ。

みんなは今、合戦の場に立っている。決戦のそのときにみんな、それぞれ存分の働きができるようイメージしてくれ。今、ここで夜襲をかけようとしている自分の姿を、そして、軍師の指揮に従って無駄のない、素早く、的確な働きで大いに戦果を上げている自分の姿を頭に思い浮かべてくれ。イメージしたことは必ず実現する」

熊九も、猪八も、虎三も、猿七も、猫六もそして炭焼きの平五も、みんな目をつぶっている。そして、それぞれの持ち場で臨機応変に、そしてきびきびと勇敢に牛鬼と戦っている姿を思い浮かべた。ときどき前足や後足を動かしたり、腰に力を入れたりしている。

このようにそれぞれが獅子奮迅の活躍を繰り広げた、頭の中での予行演習を終えると、ひとりまたひとりと大きく息を吐き、静かに目を開けた。もうみんなからは牛鬼への恐れも不安もすっかり消えている。熊九は大いに満足した。

「みんな、十分に合戦の準備ができたようだな。さあ、もうここに長居は無用だ。さっさと引き揚げよう。だがな、このあとが肝心だ。

決して油断するな。ここは牛鬼が寝起きしている所だ。いつ、どこからやつが現れるかわからない。ちょっとでも何か気配を感じたら、その場で静止しろ。そして、自分の気配を消せ。わかったらさっさと退却だ」

そう言うと、熊九はあたりに気を配りながら踵を返した。あとの者たちも音を立てず、静かに熊九に続いた。

夕方、あたりが薄暗くなってきた頃、熊九たちの一行は役宅に着いた。熊九は黙ってみんなを引き連れて例の丸い形の会議室に入った。

熊九がいつもの時計の六時の位置に座ると、九時の位置に猪八が、十二時の位置に平五が、三時の位置に虎三が、そして猫六は七時と八時の間に、猿七は四時と五時の間に座った。

定位置にみんなが座ったことを確かめて、熊九はみんなに労いのことばをかけた。

「今日は朝早くから丸一日みんなにずっと緊張させてしまった。さぞ疲れたことだろうと思う。今晩はゆっくり休んでくれ。今日はみんなのそれぞれの目で敵の本営を実際に見ることができた。みんなのお陰だ。感謝する。

これで、ここにいる全員が不退転の決意で決戦に臨む覚悟ができたものと思う。あとはその日まで決して手を抜かず、自分のやるべきことをきっちりやって万全の準備をしてくれ。もし何か困ったことが起きたら、いつでも俺に相談してくれ。一緒に考えようじゃないか。

それでは、決行日は次の満月の日だ。その日の朝、日の出とともに、この俺の役宅に集まってくれ。みんな一緒に出陣だ。では、これで解散する。みんな、今日はご苦労だった」

七

次の日から猪八とその手の精鋭たちは短い足を大車輪に回転させ、落ちている柊の枝を咥えては敵の本営目指して疾走していた。疾走する彼らの体から汗が溢れ出ている。大量の汗の粒が後方に流れ飛んでいる。猪八は気性が荒いが、それに加えて根性も凄まじく、体力においては疲れを知らない。こいつを味方につけるとこんなに心強いものはないが、敵にまわすとこれほど厄介なものはいない。

そう考えると、猪八の扱いには細心の注意が必要だ。今、猪八たちは何も考えず、無になって柊の枝を咥えて疾走している。逆に言うと、猪八たちに何も考えさせず、ただ機械的に疾走させている。この事実を見ると、熊九は実に巧みに猪八を操っていると言える。

桶屋はまず一斗の猿酒が入る大きな桶づくりを優先させ、その合間に少しずつ小さな柄杓を拵えた。桶ができると、平五が白い布きれで印をつけてくれた仮置場に運んだ。そして、一定数の柄杓ができると、そこから次の仮置場へと桶を運び、そのついでに炭焼き小屋に立ち寄り、できた分の柄杓を平五に手渡していた。

熊九は巧みな勘働きで炭焼き小屋に行き、猫六たちが咥えてきた鰯の入った籠を敵の本営近くの仮置場に運んでいた。猫六たちは順調に鰯を盗っているようだった。

平五は四十本の竹筒作りに取り組んだ。一本に入る猿酒の量は二・五合だ。猿七たちが持ちやすいように、その太さと長さを工夫した。できた竹筒は、猿七と話し合って決めた炭焼き小屋の入口に近い、棚の上に置いた。その横には、最終的に二十本になる小さな柄杓が置かれている。

平五には、このほかにも重要な仕事がある。竹ミサイルの製造だ。その構想は第二回作戦会議で聞いて理解しているつもりだ。しかし、実際に作るとなるといろいろ疑問に思うところが出てくる。その都度、虎三の意見をよく聞いた。

竹ミサイルには、炭焼き小屋に置いてある、直径が十五センチメートルはありそうな一番太い真竹を使うことにした。

実際に竹ミサイルの先端から鰯を入れてみて、お尻の補強に使った樫の木の輪切りの重さとバランスをとるために、必要な量を調べた。竹ミサイルを支える足は、できるだけ細く軽くすることをねらった。そのため、足の太さをいろいろ変えて、鰯を搭載した竹ミサイルを支えられるか調べた。そして、安定して支えるために足の広げ方を狭くしたり広くしたりした。また、竹ミサイルの胴体には何箇所か穴をあけて柊の枝を差した。

このような頭を使う仕事の合間を縫って山に入り、柊の枝落としをした。

決戦の日の朝、まだ暗い中で、朝を待ちきれない鶏が威勢よく鳴いた。

虎三には、平五が調達した軍師の三点セットが既に手渡されている。

虎三は黄金仮面の上からその藍染めの手拭いで鉢巻きをし、チタンのパンツに扇子を差している。手にはしっかり軍配うちわを握っている。軍配うちわまでチタンのパンツに差すと、チタンのパンツがずり落ちるからだ。

これで虎三は、格好も中身もすっかり軍師になった。歩き方まで軍師にふさわしく堂々としている。その出で立ちで、決然と軍師の虎三は大将熊九の役宅に向かった。

同じ頃、猪八も猿七も、そして平五も熊九の役宅に向かっていた。

軍師虎三が大将熊九の役宅の前までやってきて目を丸くした。猫六は既に来ていて、門の隅で控えめに座っている。虎三が驚いたのは猫六の頭だ。黒い頭巾(ずきん)で頭を包んでいる。

「お、おまえ、その頭どうしたんだ」

と言おうとしたときに、猪八と猿七がやってきた。

「お、おまえ、その頭どうしたんだ」

と二人が同時に言おうとしたとき、平五がやってきた。

「お、おまえ、その頭どうしたんだ」

と平五が言おうとしたとき、ギ、ギーと音を立て、大将の熊九が重い門を開けて姿を現した。猫六を除いた全員が、「お」の続きを言おうとしている口の戸を閉てるように、熊九は大きな声で吠えた。

「おい、野郎ども、おまえらのその口で、四の五の言ってる場合じゃない。きょうは待ちに待った満月の日だ。わかりやすく言うと、牛鬼との決戦の日だ。かねての手はず通り、粛々と事を進める。よいか、よいな。では、出陣だ。黙って俺に続け」

大将の熊九が先頭になって敵の本営を目指して、のっしのっし、と歩き出した。

その後を軍曹の猪八、軍師の虎三、炭焼きの平五、猿七と続き、しんがりが猫六という縦一列になった行進が始まった。

熊九を大将とする牛鬼退治軍がこの隊形で整然と行進していくうちに、次第に一列縦隊が長くなっていった。熊九や猪八の手の者は次々と薮から現れた。猿七の手下はあちこちの木から木へと飛び移り、ひらりと降りてきた。そして、次々と牛鬼退治軍に加わった。

猫六の精鋭の部下たちは坂道の下から息を切らして駆け上がってきた。驚いたことに彼らは全員頭に黒い頭巾を被っている。そして、音も立てず隊に加わった。いつの間にか、長い、長ーい一列縦隊になっていた。

そのとき、どこからかチャイコフスキーのスラブ行進曲が重々しく聞こえてきた。合戦の場に向かう引き締まった表情の隊員たちは、その旋律に乗って行進しようとした。

ところが、山道が急だったからかもしれないが、リズム感の悪い者は、この行進曲の独特の、つまずきそうになるリズムに乗り損ね、足をもつれさせた。

この祈り山は、思いの外、険しい。無理に行進を続けては足に乳酸が溜まって、いざ合戦のときに素早い動きができなくなる。俺はそのような愚行はしない。まだ時間はたっぷりある。休みを十分とりながら、敵の本営を目指そう。

さすがは大将の熊九だ。こんな深謀遠慮ができるのだ。

「全隊、止まれ。休憩だ」

大将の熊九は何回もこのような号令をかけた。そして、手下の熊に、背負っているリュックサックの中のおにぎりを隊員のみんなに配らせた。休憩のたびにおにぎりばかり食わされては飽きるだろう。この次の休憩では栗を食わせてやろう。その次は柿がいいだろうな。

おっと、猫もいたな。やつらには目刺しを食わせてやろう。食いしんぼうの熊九は、このように隊員の胃袋にも思いやりのある配慮をした。

軍師の虎三は、おにぎりを食べながら、こんなに何回も休憩をとって大丈夫なのかなと心配した。しかし、その心配は無用だった。

牛鬼退治軍の大将の熊九が、敵の本営に足を踏み入れたとき、どすん、どすん、と音を立て、地面を震わせて牛鬼が本営から出ていくところだった。その後ろ姿はすぐに獣道の奥に消えた。まさに絶妙のタイミングでの本営侵入だった。

なにしろ、大将の熊九は、頭のてっぺんから足の爪先まで、全部が深謀遠慮でできている。

恐れ入りましたと、軍師の虎三は大将の熊九の背中に向かって敬礼した。

大将の熊九は、長い一列縦隊になった隊員を引き連れて、丸くて広い敵の本営に踏み込んだ。そのとき、熊九の子分たちが一斉に口笛を吹いた。シューベルトの軍隊行進曲だ。その軽快な行進曲に包まれ、熊九は丸い本営の縁に沿って歩き出した。もう一度、この本営を隈なく視察しようと一周するつもりなのだ。

大将の熊九はいつの間に隠しておいたのか、木の後ろから幟旗(のぼりばた)を取り出し、手に持っている。そのとき口笛の音は一段と高くなり、熊九は幟旗を両手で抱えると、足を高く上げて歩き出した。それを見た軍曹の猪八は慌てて前足を大きく振ってあとに続いた。その後ろの者たちは猪八に倣って大きく手や前足を振り、足を高く上げて元気一杯の行進をした。

大将熊九が掲げている幟旗には、「牛鬼討伐隊」と勘亭流の書体で黒々と書かれている。

それを見た軍師の虎三は、軍師のボクに一言の相談もなく勝手にこんな名前をつけていたんだ。くやしいと地団太を踏んだ。

そんな軍師虎三の胸のうちを知るよしもない大将の熊九は、さらに高く幟旗を掲げた。

あとに続く隊員たちは、もっと高く足を上げ、もっと大きく手を振って行進した。その有様は甲子園球場の広い球場グラウンド内を初めて行進する高校球児のようだった。そして、大将熊九をはじめ全隊員の歩く姿は颯爽としていて覇気があり、顔は高校球児に負けないくらい晴れ晴れとしていた。牛鬼討伐隊は広い敵の本営の中を丸い縁に沿ってぐるりと一周した。入場行進を終えた大将の熊九は、幟旗を持つ手を胸の高さまで下げ、本営の中央へと隊員を先導した。大将の熊九は幟旗を片手に持ちかえ、竿の先を地面につけた。それを見た隊員たちは、ぐるりと大将を取り囲んだ。大将の熊九は隊員たちをぐるりと見回した。

八

「たった今、戦いの火蓋が切られた。敵は夕方になるまで帰ってこない。みんな、持ち場について、いつでも動けるように用意万端ぬかりなく整えておけ。そして、敵が帰ってくるまで、静かに待機するんだ。

おい、俺の一の子分、おまえだ。手筈どおり大きい桶を隠してあるな。それを俺が立っている所に持ってくるんだ。

猿七、おまえの指揮で子分の猿たちに猿酒を運ばせろ。そして、ここに置かれる桶の中に入れさせろ。散れ、そして、やるべきことをきっちりやるんだ」

熊九の一の子分が、本営の外に隠していた大きな桶を軽々と抱えて戻ってきた。そして、幟旗の竿を地面につけて立っている熊九の足元にその桶を置いた。

「ご苦労」と大将の熊九が労うと、一の子分の熊は頭を下げ、さっと持ち場に戻った。

やがて、キャッ、キャッという鳴き声とともに猿たちが飛び跳ねるように次々と本営の中に入ってきて、両手に持った竹筒の猿酒を桶の中にジャージャーと入れた。ジャージャーの音が二十回になると、桶の中は八分目まで猿酒で満たされた。

「腹八分目とはよく言ったものだ。でもなあ、この八分目はそんな甘いものじゃあないぜ。猿七が仕込んだ猿酒だ。これがうますぎるほど濃いんだ。おまえのようなでかいやつでも、いちころで泥酔だ。

なにい、そんな猿が造った酒では酔いませんだとお。ほろ酔いくらいならするかもしれないだとお。面白いじゃないか。じゃあ、俺と賭けをしよう。俺はおまえが酔っ払って目をぐるぐる回す方に賭ける。おまえは当然酔わない方だな。

なにい、おまえが勝ったら、俺がどうするかだとお。そのときは、潔く俺はここから立ち去る。もし、俺が勝ったら、おまえはここから出て行け。それでいいな。では、俺はここから離れたところで勝負の行方を見届けてやる」

大将の熊九は、幻の牛鬼に賭けの勝負を挑んでいる。さすがに熊九は勝負師だ。牛鬼を幻にしてまで勝負をしている。賭けに勝つのは俺に決まってるという顔をして、熊九は本営を出て所定の場所で待機した。

持ち場についていた猿七は、本営の中央に置かれた桶に顔を向けた。そして、左手の人差し指を舐め、それを桶の方に向けた。少し移動しては同じことを繰り返している。納得した位置から猿七は、手下の猿を呼び集めた。

「いま、オレたちが立っている場所は、あの桶のところに来るはずの牛鬼の風下だ。鰯を隠してある所は知ってるな。そこから鰯を全部持ってきてここに置け。さあ、やれ」

猿七の手下は一斉に飛び上がったかと思うと、そこにある木の枝をつかんで体をひねる。揺れた体から反対の手を伸ばして、横の木の枝をつかむ。その反動を使って隣の木の枝へと手を伸ばす。この素早く流れるような体と手の捌きで、枝から枝へ、木から木へと飛び移っていく。そして、手下の猿たちはあっという間に戻ってくる。両手の上には零れそうなくらい鰯が載っている。このようなことを何度も繰り返し、たちまちのうちに猿七の立っている場所に大量の鰯を積み上げた。

猿七の頭の中には十字の陣がしっかり刻み込まれている。いま、大将の熊九が待機している所から本営の中に入って二十メートル進んだ位置が一の陣だ。ここには各種族の長が陣取る。すなわち、大将の熊九と軍曹の猪八と猿七だ。時計を当てはめると六時の位置だ。そこから時計回りに九時が二の陣、十二時が三の陣、三時が四の陣だ。各陣の位置を確かめた猿七は、手下に各陣の後方の本営を出たすぐの所に竹ミサイルを二機ずつ仮置きするよう命じた。そして、一の陣にはあと一機、長さが二倍の竹ミサイルを仮置きさせた。

黒い頭巾を被った猫たちは、十字の陣を四十五度回転させた位置に五匹ずつ、本営の中央を睨んで待機している。それぞれの猫たちの後ろには、山のように柊の枝が積まれている。

軍師の虎三は一の陣と四の陣の間の後方、本営を出たすぐの所で胡坐をかいている。その横には櫓が置かれている。

各自の臨戦態勢は万全だ。あとは牛鬼が帰ってくる、猿酒を飲む、酔っ払う、そして寝るのを待つだけだ。

どれくらい時間が過ぎたのだろう。あたりから明るさが逃げていき、空気が冷えてきた。

どしんどしん、という微かな音が聞こえてくる。それがだんだん大きくなり、牛鬼が獣道から戻ってきて本営に姿を現した。

鼻をくんくんさせ、本営の中央にやってくる。牛鬼は目尻を下げ、涎を垂らしている。周りに充満している猿酒の匂いは、牛鬼に誰がこんなところに桶を置いていきやがったんだと訝る暇を与えなかった。これはたまらん、口からお迎えだとばかり桶にむしゃぶりつき、あさましく飲みだした。ぐび、ぐび、うぃーという穢らわしい音は、全くオレを不愉快にさせると杜氏の猿七は牛鬼を睨んだ。

やがて、ひっくひっく、という音が聞こえてきた。ぐらりと体が揺れて牛鬼の体が沈んだ。すぐに、ぐおーひゅーひゅー、ぐおーひゅーひゅーという耳障りな音がとぎれることなく聞こえてくる。

既にあたりは暗くなっている。しかし、空に浮かんだ満月が、本営の隅で待機している牛鬼討伐隊の面面を明るく照らしている。

「勝った。牛鬼との賭けに勝ったのはこの俺だ。俺はここを立ち去らなくていい。出ていくのは牛鬼だ。やつは出ていくのは嫌だとだだをこねて居眠っていやがる。それなら、こっちから追い出してやる」

大将の熊九は、少し離れた右側で胡坐をかいている軍師の虎三にそっと目配せした。軍師の虎三はぬかりなく既に藍染めの鉢巻をしていて、それに赤い日の丸を描いた扇子を広げて差している。虎三は、脇に置いている櫓をつかんで所定の位置についた。そこは一の陣と四の陣の丁度中間だ。

虎三は櫓の上に立ち、猫六に顔を向け、必勝と書いた軍配うちわを高く掲げ、勢いよく振り下ろした。そのとき、軍師虎三の短く鋭い号令がかかった。

「撒け」

すかさず、黒い頭巾を被った猫六の手の者が、十字の陣の至る所から、柊の枝を咥えてさっと出てきた。柊の枝を撒く区域は、牛鬼を中心とする半径十メートルの円内だ。そこに柊の枝を落とした猫たちは、牛鬼を避けてさっと走り抜け、三十メートル先に積んでいる柊の枝を咥える。向きを変えた瞬間、目にも止まらぬ速さで走ってくる。柊の枝を落とすと真っ直ぐ走り抜け、また向こうで柊の枝を咥えるや否や疾走してくる。こんなことを二十四匹の猫たちが一斉にやっているのだ。しかも足音ひとつさせない。

目を凝らしてよく見ると、足の運びが何だか妙だ。前足と後足を互い違いに出して走っていない。右も左も、同じ側の前足と後足を一緒に出している。

「な、な、なんと、これは忍者が得意とするナンバ走りではないか。どうりで動きが素早く、しかも全く音も立てないはずだ。猫たちにこんな忍者働きをされては、牛鬼は温泉気分で寝ているしかない。こいつらはただものではない。猫六たちは一体どこで忍者の修行をしてきたんだろう。朝、熊九の役宅の門の前で、猫六の頭の黒い頭巾が気になったんだが、こういうわけだったのか」

と各種族の長は合点した。

牛鬼の周りが柊の枝で埋め尽くされるまで、長い時間はかからなかった。猫たちは、所定の場所で息も乱さず何事もなかったようにすまして座っている。

猫六とその手の者の完璧な仕事ぶりを見届けて、大将の熊九は一の陣に進み出た。いよいよ夜襲が始まるのだ。大将の熊九は、手に持っていた牛鬼討伐隊と書かれた幟旗を勢いよく地面に突き刺した。

満月の光を受けた幟旗は、開戦は今だと大将の熊九を促した。

大将の熊九は軍師の虎三に顔を向け、首を大きく縦に振った。

それを見た軍師の虎三は櫓の上で軍配うちわを高く掲げた。そして、各陣の注目を引き寄せてから軍配うちわを振り下ろした。そのとき、軍師虎三の口から鋭い号令が発せられた。

「位置について」

各陣の猿が竹ミサイル二機を陣のそばに仮置きし、その一機を発射位置に設置する。竹ミサイルはお尻に樫の木の輪切りのパンツをはいている。弾頭には鰯をいっぱい詰めている。足はツイッギーのようにか細いが、こんなにも細長く重い竹ミサイルの胴体を健気にもしっかり支えている。胴体には、鋭いトゲトゲの葉っぱがついた柊の枝が差してある。

すかさず、猪が竹ミサイルの樫の輪切りに牙を当て、追突の構えをとる。

熊は猪の腰の横に後足で立ち、利き前足の肉球を猪の尻に当てる。

猿七の残りの手の者は、四人ずつが一組になり、各陣の中間地点で次の合図を待つ。

その一連の動きを、軍師の虎三は櫓の上から監視している。

各陣に配置された者たちが、かねて申し合わせた作業を機敏に手際よく行っていることを確かめた軍師の虎三は、再び軍配うちわを高く掲げた。

それを振り下ろすと同時に、虎三は短い号令を鋭く発した。

「用意」

各陣の猿は竹ミサイルから少し離れた。

猪は、真っ直ぐ後ろに十メートル下がった。

熊は、そのまま後足で立っている。

各陣の中間位置に散っていた猿たちは、足元に置いていている鰯をつかんだ。

軍師の虎三は軍配うちわを高く掲げた。

「走れ」

軍師の虎三は鋭く号令した。

各陣の猪は一斉に竹ミサイルめがけて突進する。猪の牙が樫の輪切りに当たる寸前に、軍師の虎三は軍配うちわを振り下ろし、肚に力を込めて大声で号令した。

「うて」

この合図のことばは、熊には「打て」と聞こえた。突進してくる猪の尻を熊は思いっきり引っ叩いた。「撃て」と聞こえた猪は、熊の馬鹿力をしっかり牙の先に届けて竹ミサイルを高速で発射した。「棄て」と聞こえた各陣の中間位置にいた猿たちは、寝ている牛鬼めがけて一斉に鰯を投げ棄てた。

いろんなものが一斉に飛んで行った先で、静寂を引き裂くような怒号が起こった。

「イッデー」

四機の竹ミサイルが体に刺さった牛鬼は、一体何が起こったのかと後足で立ち上がった。

そのとき、竹ミサイルの弾頭から鰯が飛び散った。さらに、その後を追うように四方から鰯が飛んでくる。

「グッセー」

体に四機の竹ミサイルを刺したまま、牛鬼は前足の肉球で鼻をつまもうとする。そのとき竹ミサイルに差している柊のトゲトゲで前足の肉球を擦った。

「イッデー」

何をやってもうまくいかない。牛鬼は頭にきて地団太を踏んだ。

「イッデー」

後足の肉球で思いっきり柊のトゲトゲを踏んでしまった。体のあちこちに竹ミサイルが刺さっていてズキズキと痛い。熱が出てきたみたいだ。鰯の生臭い臭いで鼻も使いものにならなくなった。窒息しそうで苦しい。前足も後足の肉球も柊のトゲトゲで傷だらけだ。もう歩けそうにない。無理にここを出ていこうとしても、周りは柊のトゲトゲだらけだ。痛くて臭くて苦しいから座ろうとしても足元は鰯だらけだ。それではと竹ミサイルが何本も刺さったままでは寝転ぶこともできない。目はうつろだ。

これは一体何だ。何が起こってるんだ。俺は夢を見てるのか。それにしては痛くて臭い夢だな。そうか、あの猿酒か。きっと悪酔いしてるんだな。酒は好きだが、猿酒だけはいけない。あれはこれからもう一生飲まないことにしよう。

薄れていく意識の中でぼんやり足元を見る。桶が転がっている。猿酒はこの中に入ってたんだ。でも、この桶はどうしてここにあるんだ。そのとき、誰かが発する「うて」という声が、ぼんやり突っ立っている牛鬼の耳に届いた。すぐに体のあちこちに衝撃が走った。

「イッデー」

牛鬼は呻いた。だが、その呻き声は弱々しかった。

「グッセー」

牛鬼は涙声になっている。

もはや牛鬼は撃たれ放題、嗅がされ放題だ。

逃げることも、座ることも、寝転ぶこともできない。武蔵坊弁慶のように体中に竹ミサイルが刺さっている。ここに至って、やっと牛鬼は誰かに攻撃されていることに気づいた。

俺は、弁慶のようにここで大往生するのか。

それならせめて敵に一太刀浴びせたい。だが、こんなに傷ついた体にされてはそれも叶わない。討ち死にもできない。それなら犬死にか。俺は牛鬼だ。犬じゃない。犬死にもできない。悲しいなあ。絶望を抱えたまま地獄に落ちるのか。それならいっそここで腹をかっさばいてやろうか。でも、周りは鰯だらけで座れない。切腹もできないのか。牛鬼は何をすることもできず、魂の抜け殻になって、ただ立ち尽くすだけだった。

一の陣には、牛鬼討伐隊の幟旗が立っている。

既に猿七は、所定の位置に特別に長い竹ミサイルを設置している。

その尻にはかせた樫の輪切りに猪八が牙を当てている。

その尻に利き前足の肉球を当てて、大将の熊九が後足で立っている。

このように最後まで攻撃の手を緩めずに、大将の熊九が大きな声で牛鬼に呼びかけた。

「おい、牛鬼、俺は牛鬼討伐隊の大将の熊九だ。俺たちはおまえを成敗するためにここにいる。害悪の限りを尽くすおまえは生かしちゃおけない。これからも麓の村の牛を食ったり人を襲ったりの狼藉を働くなら、ここで始末してやる。だが、おまえにも生きる権利はある。俺も無闇な殺生はしたくない。もし、おまえが心を入れ替え、もう悪いことはしないと約束するなら命は助けてやる。だが、おまえが苦しまぎれにその場限りの言い逃れをしようものなら容赦はしない。思いっきりこいつの尻を張り飛ばしてやる」

大将の熊九はそう言って、牛鬼に考える時間をやるために、見たくもない猪八の尻をじっくり見た。猪八の尻に何も見るべきものがないことを確かめた熊九は、再びギロリと牛鬼を睨んだ。

例えるなら、牛鬼は崖から落ちて途中の木にかろうじてひっかかっている。その木の支えがなくなったら、牛鬼は真っ逆さまに地獄の底に落ちてしまう。その絶体絶命の牛鬼の目の前に、大将の熊九が垂らした蜘蛛の糸のような細い紐が下りてきた。俺を支えているこの木はまもなく折れるだろう。瀕死の牛鬼は迷うことなく折れそうな木から、いまにも切れそうな細い紐に乗り換えた。

牛鬼は目に涙を浮かべて掠れた弱々しい声で、途切れ途切れに命乞いした。

「もう牛は食べません。馬も人も食べません。どうか命だけは助けてください」

生き物の前では暴れません。

そのあと、消え入るような細い声で、こう弱々しく助けを求めた。

「目の前に下りてきた細い紐にすがります。

切れたりしないかなんて疑ったりしません。

でも、切れる前にできるだけ早く引っ張り上げてくださ……」

最後のことばが出る前に、後足で立ったまま、牛鬼は白目を剥いて気を失っていた。

大将の熊九は、牛鬼の言っていることに嘘偽りがないかと、最後まで黙って話を聞いていた。また、話しぶりにも神経を尖らせた。

俺は、ずる賢いやつをよく知っている。そういうやつの言うことは、嘘や偽りを綺麗なオブラートで包んでいる。俺は誇り高い熊だ。その俺が今聞いた牛鬼の訴えは本心から出たことばだ。俺は牛鬼の言ったことを信じる。大将の熊九はみんなに向かって高らかに宣言した。

「今、みんなが聞いたように、牛鬼は心を入れ替えた。改心して真人間、いや真牛鬼になった。そんなやつの命は取ってはならない。

ここで、この合戦の終了を宣言する」

九

「猿七、そこの長い竹ミサイルにもう用はない。片付けておけ」

終戦の宣言を聞いた猪八は、長い竹ミサイルが猿七の手で片付けられているのをぼんやり見ながらこれからのことを考えた。

「おいらは短距離のチャンピオンベルトを持っている。いつかはマラソンのタイトルも取ってやろうと思っている。それができたら、まだ誰も成し遂げていない二階級制覇だ。そろそろマラソンの練習でもしようか」

と、ぼんやり夢を見ていた。その目にぼんやりしたものが映った。牛鬼が生気なく立っている。その目を見た猪八はとっさに判断した。

「牛鬼の目が白くなっている。おいら、マラソンの夢を見てる場合じゃない。本当にマラソンしなきゃならない。このまま山を駆け下りて村のお寺の和尚さんを呼んでこなくっちゃ。それに、ちょうどいいマラソンの練習にもなる」

と猪八は思った。

「熊九の大将、牛鬼が大変です。白目を剥いてます。おいらが村のお寺の和尚さんを呼んできます」

それを聞いた熊九は諭すように猪八に言った。

「俺もそれは考えた。たしかにこいつは白目を剥いている。だが、まだ死んじゃいない。ものごとには決められた手順をきちんと踏まなきゃならないというルールがある。和尚さんを呼ぶのは、こいつが死んでからでも決して遅くない」

熊九がそう言い終わったときに、長い竹ミサイルを片付けて猿七が戻ってきた。

「さて、そこでだ。俺はこれからどうしようかと考えているんだ。この平らでだだっ広い土俵のようなその真ん中で、改心した牛鬼が気を失ったまま後足で突っ立っている。やつの周りは柊の枝や鰯が散乱している。

猿七、あの長い竹ミサイルはもう片付けたんだろ。それなら、おまえはこの状況を見て、どうしたらいいと思う」

合戦が終わって、長い竹ミサイルを片付けてホッとしているところへ、いきなり熊九が切り込んできた。うろたえた猿七は思わず答えていた。

「汚れたものは片付けたほうがいいと思います」

すかさず熊九は突っ込んだ。

「誰が何をして汚したんだ」

現行犯を目撃されている猿七は白状した。

「オレたちがやりました」

熊九は追及の手を緩めない。

「おまえたちが何をどうしたんだ」

もう逃げられないと悟った猿七は、正直に言った。

「オレたちが鰯を投げまくりました」

熊九は猿七に止めを刺した。

「なら、おまえはどうするんだ」

猿七はしぶしぶ口を尖らせながら言った。

「オレたちが綺麗に片付けます。どこか邪魔にならない所に穴を掘って拾った鰯を埋めておきます」

熊九はにっこり笑って猿七に言った。

「さっさとそう言えばいいんだ。わかったらさっさとやれ。ところで、まだ散らかったものがあるな。猫六、何が散らかってる」

やっぱり来たかと猫六は既に待ち構えていた。猿七は片付けたくなかった。知らん顔をしていたかった。だから、熊九に追及されても逃げの答弁ばかりしていた。でも、そんなことをして逃げ回っても、どうせ片付けさせられるのだ。猿七の往生際の悪さを既に学習している猫六は、同じ轍を踏まなかった。

「オレたちが撒き散らした柊の枝は、そっくり全部元の林に返しておきます」

猫六の端的な答弁に気を良くした熊九は、みんなに向かってこう言った。

「おい、みんな、あそこを見てみろ。牛鬼が白目を剥いて立ってるだろ。気を失ってるみたいだが、他に気になるところはないか」

熊九に指名される前に、炭焼きの平五が進んで発言した。

「牛鬼の体に、おらが作った竹ミサイルが沢山刺さってます。このままにしていると牛鬼が死ぬのは時間の問題です。もう牛鬼は以前の牛鬼ではありません。改心して良い牛鬼になったのです。死なせてはなりません。助けるためには、まず刺さった竹ミサイルを抜かなければなりません。おら、いまからすっ飛んで帰って太い綱を持ってきます。それを竹ミサイルの尻にはかせている樫の木の輪切りの出っ張ったところに結びつけて、ここにいるみんなで綱引きしたら抜けると思います」

炭焼きの平五の要領を得た発言を聞いた熊九は、大きく頷いた。

「さすが平五さんだ。自分のしたことの後始末はしっかり心得ている。平五さんの指示に従って、みんなで牛鬼の体に刺さった竹ミサイルを全部抜いてやろう。体に刺さった竹ミサイルを全部抜いてやったら、牛鬼は助かるのか。猿七、おまえはどう思う」

指名された猿七は、さっきのような失敗は繰り返さなかった。

「竹ミサイルを抜いたままにしておくと、そこが化膿して命が危うくなります。猿酒には消毒の効用もあります。今度の猿酒は特別に濃くしてますから、効果は大いに期待できます。まだ十分残ってますから手下に持ってこさせます。それと化膿止めの薬もいるでしょうし、傷の手当ても必要です。この山には薬になる草はいっぱい生えてますから、傷によく効く漢方薬もつくってやります。それを竹筒に入れて持ってこさせます。また、大きな葉っぱを蒸して熱冷ましの貼り薬も作ってやります」

猿七の話が終わると、平五がまた発言した。

「傷口はいつも清潔にしておかなければなりません。そのためには小さな桶や清潔な手拭いが必要です。どうせ綱を取りに帰るのですから、そのついでにこれらも持ってきます」

みんな積極的になってきた。

「ボクは牛鬼の容態をしっかり診ます。熱を測ったり脈を取ったりします。そのときどきで必要なことがあったら、猿七や猪八それに平五さんの助けを借ります」

ここで猪八が前に出た。

「牛鬼はとても弱ってます。いまも立ったままです。座りたくても座れないのです。気を失っているから、寝転びたくても寝転ぶこともできません。おいらは牛鬼をゆっくり気持ちよく寝かせてやりたい。だから、仲間の猪を使って枯れ草を運ばせ、ここに山になるほど積み上げます。そしたら牛鬼はふかふかの枯れ草に体を乗せて気持ちよく寝ることができます。あ、熊九さん、牛鬼が全快したら、用のなくなった枯れ草はひとつ残らず片付けます」

気配を消していた猫六が、自信ありげに話し出した。

「オレたちは密かに忍者の修行をしていた。それで習得したナンバ走りは、この合戦で大変役に立った。忍者の修行ではそのほかにもいろんなことをした。その中には、戦いが終わった今でも役に立つものがある。それを使えば、戦いで傷ついたところが治療できる。

面倒な前置きはこれで終わりだ。

実を言うとオレたちは鍼灸師の仕事ができるんだ。それに身軽に動き回れる。牛鬼の体を、オレの足のこの肉球でトントン突く(つつく)と、良くないところが直ちにわかる。そんなところを調べまくって、そこに丁度良い体重がかかった肉球を押し当てるのだ。これをオレたちの精鋭二十四匹が入れ替わり立ち替わりやるんだ。ナンバ走りで牛鬼の体を飛び回り、ナンバ跳びで素早く肉球の指圧を繰り返すのだ。牛鬼は自分の治癒力も働いてすぐ良くなるだろう。また、必要な場合は患部に鍼を刺してやる」

猫六たちは、甲賀だか伊賀だか忘れたが、師から忍者補の允許を受けている。鍼灸師の技術も審査科目に入っている。もう少しで忍者の免許状が貰えるところだったが、猪八から鰯盗りの命を受けた。突然迫られた急ぎ働きだが、命の恩人の頼みとあっては断り切れず、やむを得ず忍者修行を中断している。猫六たちを侮ってはいけない。

牛鬼を助けてやりたいと強く願っているみんなの優しい気持ちに、熊九は涙が出るほど嬉しくなった。

その熊九の隣に、いつの間にか可愛い熊が来ていた。名前を熊四という。可愛いと言ったが、実は女の子だ。熊九のフィアンセだ。けっこう気が強い。ついうっかり「クマヨン」なんて言ったら張り手が飛んでくる。だから慎重に「クマヨ」と呼んでくれ。

熊四は隣の熊九にそっと蜂蜜の入った瓶を手渡した。

「これを牛鬼さんに舐めさせてあげると元気になると思うわ」

熊九は目尻を下げて、嬉しそうに笑顔を熊四に見せた。

「熊四、おまえは本当に優しいな。おまえを選んだ俺の目に狂いはなかった。その蜂蜜はおまえが舐めさせてやれ。俺がやるより、おまえがやるほうが効き目が確かだ」

このように牛鬼救済の相談を的確に手早く済ませ、各自所定の仕事にとりかかった。

再び全員が、牛鬼が立ったまま気を失っている所に戻ってきた。

そこには、ついさっきまでの「牛鬼討伐隊」を「祈り山医師団」に改名した幟旗が立っていた。そのそばにお盆が置いてあり、紐の付いた名札が載っている。

熊九は、既に「団長」と書いた名札を首から垂らしている。その横には恥ずかしそうに熊四が立っていて、首から「看護師」の名札を垂らしていた。

猪八はせっせと枯れ草を積み上げていたが、幟旗のそばにやってくると盆から「介護士」の名札を取って首につけた。

猿酒の入った竹筒を持ってきた猿七は、「薬剤師」の名札を取った。

猫六は「鍼灸師」の名札を取り、炭焼きの平五は「医務員兼管理栄養士」の名札を取った。虎三は「医師」の名札を取りながら、熊九の変わり身の早さに舌を巻いた。これは熊九自らが転身したのか、それとも熊四が裏で画策して、熊九に転向するように仕向けたのか。それは、書かれている文字の書体を見れば明らかだ。幟旗も名札も、その文字は丸文字で可愛らしく書かれている。

「さあ、おまえたちはみんな職名を書いた名札を首から下げている。その重い意味をしっかり受け止めて、責任ある行動をとってくれ。

その前に、これからみんなが力を合わせてやらなきゃならない力仕事がある。牛鬼の体に刺さった竹ミサイルの引っこ抜きだ。平五さん、あんたが持ってきたその太い綱を竹ミサイルの尻に結びつけてくれ。あとはみんなで力を合わせて綱引きだ。さあ、平五さん、やってくれ」

これが祈り山医師団の初仕事になり、団長の熊九がその指揮をとった。

みんなが一斉によいしょと掛け声をかけて綱をひと引きしたとき、ギャーと悲鳴が上がった。

失神していた牛鬼の白目が黒目になった。

竹ミサイルが刺さったときは「イッデー」と喚いたが、それを抜くときは「ギャー」という悲鳴に変わった。やはり、刺さるときの痛さと抜くときの痛さは違うようだ。

「牛鬼、おまえのためだ。ちょっと我慢してくれ」

団長の熊九が痛がる牛鬼を宥めた。そのあとは、牛鬼が喚こうが黒目をひん剥こうが一向に構わず、すべての竹ミサイルの引っこ抜きに専念した。

すべての竹ミサイルが牛鬼の体から消え去り、その名残りが縮こまりつつある筋張った小さな穴に変わった頃には、牛鬼は悶絶していた。

団長の熊九は綱引きに我を忘れ、牛鬼が再び気を失っていることに気がつかなかった。

そんな牛鬼に、団長の熊九は優しく声をかけた。

「牛鬼、よく我慢した。もう大丈夫だ。おまえはきっと助かる。あとは祈り山医師団の面面が手ぐすね引いて待っている。腕の確かな者ばかりだ。大船に乗ったつもりで安心して寝ていてくれ」

団長の熊九の牛鬼への励ましが終わると、さあオレたちの出番だと猿七たち薬剤師が猿酒の入った竹筒を持って牛鬼に寄っていった。

ある者は牛鬼の肩に飛び乗り、ある者は前足にぶら下がったりしている。腰にしがみついている者もいる。

竹ミサイルの名残りを残すすぼんだ穴に、猿たちは竹筒の猿酒をかけ、傷口を消毒している。

濃い猿酒を痛む傷口にかけられた牛鬼は、たまらず息を吹き返し目を剥いた。

「シッミー」

牛鬼は、歯を食い縛って強い刺激に耐えた。

耐えながら疑問に思った。猿酒はいくら濃くても胃に流し込めばうまい。「しみるー」と幸せになれるのに、それを小さな傷口にちょっと垂らしただけで、なぜ「シッミー」と歯を食い縛らなければならないんだ。その訳を聞きたい相手は、そんな俺のことを無視して、まるでかたきをとるかのように傷口に濃い猿酒の掛け放題だ。

この野郎と怒る元気が出たときに、牛鬼はまだ自分が後足で立っていることに気がついた。すると、腹這いになる元気も出てきた。

周りにはもう鰯や柊のトゲトゲもない。難なく腹這いになれた。

消毒を終えた猿七たちは、今度は化膿止めの漢方の飲み薬を竹筒に入れて戻ってきた。その竹筒を、看護師の熊四に手渡した。

熊四は、腹這いで唸っている牛鬼に片目をつぶってみせた。これは熊四の取って置きの必殺技だ。どんな悪人にも効く。唸り声は消え、牛鬼の顔は激変した。目尻が下がり、口はだらしなく開いた。すかさず、その口に熊四は竹筒を当て、化膿止めの漢方の飲み薬を流し込んだ。一瞬の早技だ。牛鬼は何を飲まされたのかわからない。しばらく経ってから、牛鬼の味覚が気づいた。

「ニッガー」

熊四は、牛鬼に片目をつぶって優しく囁いた。

「良薬は口に苦しよ。じゃあ、今度はお口直しにこれを舐めて」

熊四は左手に瓶を持っている。右手に持った匙で瓶の蜂蜜を掬い、牛鬼に舐めさせた。

「アッマー」

牛鬼は薄目を開け、弱々しく呻いた。

蜂蜜が入った瓶を見つめる、細く開いた目に光が差した。そして苦しそうに「モットー」と甘えた声を出したとき、牛鬼の顔が表層雪崩を起こした。

そんな崩れた顔で甘えられては、優しい熊四はつい甘い顔を見せてしまう。

「これはねえ、舐めすぎるとその人の性格まで甘くなるの。だから、もうちょっと舐めたいなというところで止めなきゃならないの。でも、今日だけは特別よ。さあ、お口を開けて。これでおしまいよ」

そこへ医務員の平五が、冷たい水を入れた風呂桶と清潔な手拭いを持ってきた。それを受け取った熊四は、その手拭いを風呂桶の冷たい水に浸し、固く絞って牛鬼の傷口の汚れを拭き取ってやった。また、涙と涎のあとが残っている顔も綺麗にしてやった。仕上げに新しい手拭いを風呂桶の水で冷やして絞り、牛鬼の頭に載せてやった。すぐに血が上る牛鬼の頭を冷やすためだ。

牛鬼は腹這いになって、前足を体の下に折り畳んでいる。医師の虎三はその前足を両手でつかんで脈を測っている。よし、と顎を引いた。

虎三は牛鬼の顔の前に来た。熊四の看病で骨抜きにされ、だらしなく開いている口に手を突っ込んで熱を測った。また、虎三は牛鬼の体のあちこちに耳を押し付け、呼吸の流れに乱れやノイズといった異常がないか、いかにも信用できそうな医者の顔付きになって丁寧に診察した。

牛鬼が落ち着きを取り戻す頃を見計らって、熱冷ましの薬を塗った大きな葉っぱを持って猿七たちが戻ってきた。

牛鬼は、このあと誰が何をするのか既に気づいている。きっとこの美人の熊四ちゃんが貼ってくれるのだろう。牛鬼はけっこう勘働きがいい。

牛鬼の期待どおり、熊四ちゃんが牛鬼に片目をつぶった。

「剥がしちゃ駄目ですよ」

可愛い声でそっと牛鬼の耳元で囁いて、優しい手つきで熱冷ましの薬を塗った大きな葉っぱを牛鬼の体の傷口にペタペタと貼っていった。その快さは猿酒よりも牛鬼を酔わせた。もう牛鬼は夢見心地だ。牛鬼はこのまま眠ってしまいそうになった。そのぼんやりした頭で、熊四ちゃんがこのまま何時間でも大きな葉っぱを貼り続けてくれたらどんなにいいだろうなとうっとりしていた。

そんな無防備な牛鬼の体が、何者かにトントンと叩かれた。それがすぐにあっちでトントン、こっちでトントンと体中がトントンされだした。軽いトントンだから別に痛くない。心地いいくらいだ。このまま眠っていようかとさえ思った。そのとき、何かが力を入れてトンと体を蹴った。すぐに何かが落ちてきて強くトンと押し付ける。これがあっちこっちで一斉に始まった。

薄目を開けて自分の体を見た。すると、猫六たちが、腹這いになった牛鬼の体のツボを肉球でトントン叩いて探り当てる。ツボがわかったら、そこに肉球で指圧していた。しかし、普通に指圧したのでは猫は目方が軽すぎる。だから、忍者の奥義を使っていたのだ。

それは、牛鬼の体の上をナンバ走りで移動し、そこでナンバ跳びをして肉球で指圧するという最高難度の指圧技だ。このナンバ走りとナンバ跳びの連続技をリズミカルにやりこなせる者は、忍者の中でもひと握りのごく限られたエリートだけだ。

どうりで気持ちがいいはずだ。でも、体のあちこちが痛い。なにしろ竹ミサイルを八発もくらっているのだ。それに柊のトゲで前足も後足もその肉球は傷だらけだ。忍者の指圧は気持ちがいいなあ。でも、あちこちが痛いなあ。だんだん気持ち良さが体中に広がっていく。痛みがだんだん遠くなっていく。そのまま、牛鬼は痛さを置いてきぼりにして朝までぐっすり眠った。

夜が明けて、麓の村から朝を告げる鶏のけたたましい鳴き声が聞こえてくる。

追い立てられるように、祈り山医師団の面面がねぐらを出て、牛鬼が入院している野営病院に向かった。

一番乗りした猪八たちは早くも走り回っている。彼らは絶えず走っていなければ生きていけないという悲しい運命を背負っている。

彼らは野営病院のそばに、既に大量の枯れ草を運び込んでいる。そこに突進しては枯れ草を頭に載せ、寝ている牛鬼の横に落としていく。介護士の猪八たちの得意技はベッドメイキングなのだ。みるみるうちに、牛鬼の横に分厚い枯れ草のベッドができあがっていく。

そこへ熊九と熊四が手をつないでやってきた。熊九は祈り山医師団の幟旗の横に立ち、熊四はその横ではにかんだ。

少し遅れて医務員で管理栄養士の平五が、粥の入った鍋を提げてやってきた。

それを見た看護師の熊四は、平五から鍋を受け取り、寝ている牛鬼の前に立った。

「牛鬼さん、いつまで寝てるの。朝ですよ。さあ、起きましょうね」

こんな優しいことばをかけられたことのない牛鬼は、竹ミサイルを撃ち込まれたときより驚いて大きく目を見開いた。

その目の前には熊四が立っている。左手に粥の入った鍋を提げている。そして、右手に持った匙から粥が零れそうになっている。

「さあ、このお粥を食べると元気になりますよ。沢山食べましょうね」

またまたこんなことは言われたことがない。

牛鬼は頭が混乱した。

「ぼく、どうしたらいいの」

しゃべり方までおかしくなって、あんぐりと口を開けた。

すかさず、熊四はその口に粥をたっぷり載せた匙を差し入れた。

「ンメー」「シッミー」

腹の中が空っぽの牛鬼には温かい粥がよほどうまかったのだろう。その後のシッミーは昨日のシッミーとは違った。猿七たちに猿酒で傷口を消毒されたときは歯を食い縛ってその強い刺激に耐えた。今は生きる幸せが、腹の中にシッミーと広がっていく。

昔、猪を食ったときは「マッズー」だったが、この粥はうまい。もっと食べたい。熊四ちゃんが食べさせてくれるのだ。その鍋の粥を完食したら、熊四ちゃんは何と言って褒めてくれるのかなあ。

「なにい、猪を食っただとお」

さっきの牛鬼の独り言を漏れ聞きした猪八は、せっかくつくった枯れ草のベッドの端を前足で掻きむしった。

牛鬼は、こんな猪八など眼中に置かない。今は熊四と粥という甲乙つけ難い魅力に心を奪われている。牛鬼は逸る気持ちを抑えて、熊四の差し出すリズムに合わせて匙に載った粥をむさぼり食った。熊四のリズムを壊すと何を言われるかわからない。

「あなたは、がさつですね。下品な人は女の子に嫌われますよ」

きっと、これくらいのことは言われるだろう。俺は熊四ちゃんに褒められたいのだ。このようなわけで、牛鬼が鍋を空にするのに少々時間がかかった。

「まあ、おりこうさんね。ぜんぶ食べたのね。なんならこの鍋も舐めてみる？」

牛鬼は、このことばを待っていたのだ。

そんな二人の様子を熊九は幟旗の横に立って微笑みながらさりげなく見ていた。

医師の虎三は昨日と同じように、牛鬼の脈を取ったり熱を測ったり呼吸の流れを診たりしている。

猿七たちも、化膿止めの漢方の飲み薬や熱冷ましの大きな葉っぱを持ってきた。

熊四の足元には風呂桶が置いてある。中には泉から汲んできたばかりの冷たい水が入っている。熊四は清潔な手拭いを風呂桶の水に浸し、よく絞ってから牛鬼の傷口を綺麗に拭ってやった。それから、牛鬼の大好きな熱冷ましの大きな葉っぱを傷口に貼ってやった。今また、得意技を使って牛鬼の口を開かせ、化膿止めの苦い漢方の飲み薬を飲ませた。今や熊四は牛鬼のヒロインだ。ヒロインが飲ませてくれるなら苦い飲み薬も喜んで飲んでやる。今や牛鬼は熊四の親衛隊長だ。もし、熊四にちょっかいを出す者がいたら、この親衛隊長が懲らしめてやる。本気でそう思っている。

牛鬼の楽しみはもうひとつある。それを今か今かと待っている。忍者のナンバ踊りだ。演じるのは黒装束の猫六一味だ。全員忍者補だ。踊りのうまさには定評がある。踊りだけではない。彼らが跳んだり跳ねたりして、肉球で指圧されたら体のツボが随喜の涙を流して「イッイー」と唸る。病みつきになる。

この俺はもう中毒になっている。

そこへ、待ちに待った黒装束の一味が音も立てずナンバ歩きでやってきた。牛鬼の周りを一周すると頭(かしら)の猫六が前足を挙げた。

「カカレ」

挙げた前足を振り下ろすと、黒装束の一味は一斉に牛鬼に襲いかかり、大きな牛鬼の体の上で見事なナンバ踊りを演舞し指圧を演武した。

ピンの粥からキリの指圧まで、フルコースの各医療関係者たちの巧みな今日一日の治療が終わった。

団長の熊九の目による指図で、女房見習いの熊四はさっと動いて患者の前に立った。

「ちょっと牛鬼さん、こんなところで寝ちゃいけませんよ。さあ、目を開けて。もう体の痛いのはどこかへ飛んでいったでしょ。ちょっと体を動かしてほしいの。あなたの横をちょっと見て。ふかふかの暖かそうな枯れ草のベッドがあるでしょ。そこまでなら行けるでしょ。ううん、急がなくていいの。ゆっくりでいいのよ。おりこうさんね。そこでゆっくり寝るのよ。おやすみなさい」

まことに看護師の熊四は、患者の扱いがうまい。

患者が寝ると、団長の熊九は団員を呼び集めた。

「今日はみんなご苦労だった。患者の容態も大分良くなったようだ。だが、まだ安心してはいけない。俺たちは患者の大事な命を預かっているのだ。まず、このことをしっかり頭に入れてくれ。これから牛鬼が全快するまで俺たちは看護に明け暮れる。そうすると、看護の技術に磨きがかかるかもしれないが、慣れという厄介なものが出てくる。この慣れというやつは油断という悪魔を連れてくる。この悪魔は患者が大好物だ。こいつに食いつかれたらおしまいだ。患者にもしものことがあったら絶対に駄目なんだ。

だから、毎日、新しい仕事をしているという覚悟で取り組んでくれ。そのためにも、おまえたちの体はいつも健やかでいなきゃならない。よく食べ、よく働き、よく休む。わかったら、今日はこれで解散だ」

十

介護士の猪八たちは働き者だ。いつも体を動かしていないと気が済まない。この時期の仕事はベッドメイキングだ。一番得意な仕事だ。いつも取り替え用の枯れ草を野営病院の隅に積んでいる。傷ついた牛鬼には毎日清潔な枯れ草のベッドで気持ち良く休ませたいと思い、毎朝、枯れ草を取り替えた。使い終わった大量の枯れ草は野営病院の外に捨てた。そして、取り替え用に積んでいる新しい枯れ草をベッドの所まで運ぶ。さらに新たに取り替え用の枯れ草をどこかから取ってきて、野営病院の隅に積んだ。これは結構いい運動になる。働き者の猪八たちにふさわしい仕事になった。

ところが、神経質な牛鬼は、ベッドが変わると眠れないと文句を言った。

それで、枯れ草を取り替えない日は、ベッドメイキングするだけになった。だが、いつまでも取り替えなかったら不潔になる。そこで、毎朝、枯れ草の取り替え時期を調べることにした。ベッドの周りを嗅ぎ回ったり、枯れ草の凹み具合を見たりした。まだ取り替えの時期ではないと判断した日は、ベッドメイキングの仕事をするだけだ。そのベッドメイキングを終えるとあとは暇だ。働き者の猪八たちは大いに不満でストレスが溜まった。

医務員で管理栄養士の平五が提げてくる鍋の中身は、粥から普段口にするものに変わった。

真ん丸だった月が、首を傾げた半月になる頃には、牛鬼の容態は大分良くなっていた。それに合わせて、猿七たちが持ってくる薬も変わってきた。傷口の消毒に使った猿酒は真っ先にいらなくなった。熱冷ましの薬を塗った大きな葉っぱも貼らなくてよくなった。化膿止めの飲み薬も飲まなくてよくなった。代わりに、体に力をつける飲み薬を飲ませている。

このように牛鬼の容態は確実に全快に向かっている。あの破壊的な竹ミサイルを八発もくらって死にかけた牛鬼が、ここまで快復するとは驚異的な自己治癒力だ。

しかし、体とは裏腹に心のほうは次第に弱っていった。それは、熊四ちゃんの柔らかな手で大きな葉っぱを貼ってもらえなくなったからだ。牛鬼はこれが何よりの楽しみだった。もう熊四ちゃんにそうしてもらえないと思うと生きていく力がなくなった。こんなとき、大概の人はやけ酒を飲むのだろうな。

でも、ここは屋根や壁はないけど病院だ。病院という所は怖い人が沢山いる場所だ。ただ一人を除いて。医者はどこかに注射器を隠し持っているから一番危険だ。猪は気性が荒く、すぐ突っかかってくる。猿は猿知恵でどんな悪事を企んでいるかわからない。猫は黒い頭巾で猫かぶりしていて正体を見せない。熊が一番おっかない。ちょっとでも怒らせたら強烈なパンチが飛んできそうだ。

そんな怖い所でやけ酒を飲んだりしたら、すぐ逮捕され、二十四時間監視付きの集中治療室に入れられてしまう。そうなると、体はどんどん全快に向かいながら、生きる気力はどんどん失われていくだろう。すると、完全健康の植物牛鬼になってしまう。これでは、自分のためにも、祈り山医師団のためにもならない。

そうだ、何か夢中になれるものを見つけたら生きていく気力が湧いてくるかもしれない。

俺は、これまで夢中になって晩酌をしていた。今度は寝酒に夢中になってやろう。

でも、ここにいる怖い人たちは、正体を暴くと野獣だ。夜中でもどこかで目を光らせているかもしれない。もし見つかって命の綱の寝酒まで取り上げられたら、もう俺の心には絶望しか残らない。そんなものを大事に残してどうするんだと嘆いたとき、頭にひらめきが走った。そうだ、取って置きの奥の手を使おう。隠れ酒の秘法で酒を闇に溶け込ませるのだ。これならやつらが張り込んでいても、俺がただ深呼吸でもしてるだけに見えるだろう。寝酒の完全犯行が実現する。うん、我ながらよく考えたものだ。これは名案だ。

そんなことを考えているところへ看護師の熊四が近づいてきた。

「あ、熊四ちゃんだ。こんなにいっぱい怖い人が集まっている野営病院の中で、ただひとり俺を救ってくれる人だ。そんな人が、飛んで火に入る夏の虫になってはいけない。俺は熊四ちゃんを夏の虫なんかにさせるものか」

とっさに牛鬼は重病人に擬態した。いかにも病人に見えるように弱々しく頭を上げた。そして、熊四の方にすり寄った。そうしながらも、心の中では熊四ちゃんの方から来てもらってはもったいない、俺の方から迎えに出て、俺の誠意を見せなければならないと思っていた。そして牛鬼は熊四にすがりつき、迫真の演技を見せた。

「熊四ちゃん、いいところへ来てくれた。見てのとおり俺は弱っている。いや、体じゃないんだ。心が弱ってるんだ。白状するよ。俺には夢や希望があったんだ。この祈り山を乗っ取って俺が王様になるという野望があったんだが、それはとっくに失った。麓の村で牛を食ったり人を襲ったり悪の限りを尽くしてビッグな牛鬼になるという希望もあったが、あんたらに取り上げられた。

もう夢も希望もない。歩こうとしてもこの弱った体では動くこともできない。箸を持とうとしても重くて持ち上がらない。本を読もうとしても目が霞んで読めない。何をすることもできない。体は全快に向かっているのに、生きていく気力がなくなっていく。このままでは、俺は居場所を失ってしまう。

ねえ、熊四ちゃん、どうか俺に夢中になれるものを持ってきてくれないだろうか。とても言いにくいのだが、持ってきてほしいのは実は酒なんだ。上等の酒でなくていいんだ。

下等の猿酒でいいんだ。そいつで見つからないようにこっそり寝酒をやるんだ。俺には見つからないように飲む特殊な技術があるんだ。自信がある。絶対に見つからない。だからお願いだ。こんなことを頼めるのは熊四ちゃん、あんただけだ」

最後はキリスト教徒でもないのに、両手の指を交互に組み、顔の近くまで持っていき、天使の熊四ちゃんに、牛鬼は哀願している。

「まあまあ、牛鬼さん、そこまで追い込まれているの。可哀想にねえ。でもねえ、ここは病院よ。お薬を飲むところなの。お酒は居酒屋で飲むものよ。でも、その体じゃ行くのは無理ねえ。もし、あたしが牛鬼さんの願いを断ったりしたら、牛鬼さんの心は自分の体を離れてどこかへ行ってしまうわ。きっと夢中になれるもの探しに夢中になって、もう二度と戻れなくなってしまうわ」

牛鬼はたったひとりの患者だ。その牛鬼が熊四の目の前で魂を失いかけている。専属看護師の熊四は、牛鬼を魂の抜けたただの大きな塊にしてはならないと強く唇を噛んだ。

一方、もう二度と自分の体に戻れないと聞かされた牛鬼は、熊四の前で組んだ両手の指を解いた。そして、涙を浮かべた悲しそうな目で熊四を見つめた。もし、解いた親指で十字を切られたら立場が逆転してしまう。そうなる前に熊四は先手を打った。

「困ったわねえ。うーん、いいわ。あなたの魂を救うためだもの。あたしがこっそり猿七さんに頼んであげる。猿七さんから受け取ったら、みんなに気づかれないようにそっとあなたに渡してあげるわ。でもねえ、あたしも自分の身を守らなきゃならないわ。

そうだ、もし見つかったときのために、猿七さんには竹筒を二本持ってきてもらおう。一本には猿酒を入れて、もう一本は空よ。もう、あたしの考えはわかったでしょ。水割りにして二本の竹筒に平等に入れるの。空の竹筒に文句を言わせないためよ。それに牛鬼さんはまだ全快していないでしょ。いきなりの濃い猿酒は体によくないわ。それに、あたしを守ることでもあるのよ。牛鬼さんの寝酒がばれたときのことも考えてるの。牛鬼さんが捕まるのは自業自得よ。でも、あたしまで捕まってはたまらないわ。猿酒を薄めるのはその布石よ。

あたしが取った行為は決して犯行ではありません。牛鬼さんを救うためです。猿酒を薄めたのはその証拠です。こう言い張ると、情状が酌量されて、あたしは無罪になるでしょう。そのときは、あなたは牢屋行きよ。どうせ魂がどこかへ行くんでしょ。それなら、牢屋の方が居場所がはっきりしていていいでしょう」

このように二人がこっそり交わした密談に気づくものは誰もいなかった。

翌日の朝、熊四は誰にも気づかれないようにこっそり二本の竹筒を牛鬼に手渡した。

すかさず牛鬼はその二本の竹筒を懐に隠しそ知らぬ顔で腹這いになった。

夜になりあたりが暗くなる頃には、腹の下で寝かせた猿酒はほど良く人肌の燗になっていた。

やがて牛鬼は、体を起こし徐ろに胡坐をかいた。両手は何かを持つように肘を曲げている。そして、右手を口元へ持っていき、ごくりと喉を鳴らしている。右手を元に戻して、ふうーと息を吐いている。また右手を口元へやりごくりと喉を鳴らし、その手を元に戻してまたふうーと息を吐いている。三回目をやろうとして首を傾げ、その手を元へ戻して、今度は左手を口元へ持ってくる。左手にも右手と同じことをさせている。左手が元の位置に収まったとき、名残り惜しそうにふうーと大きく息を吐いた。

両手が体の脇に何かを置くような動きをする。この間、牛鬼の手しか見えず何を握っているのか見えなかった。何かを握っている様子は窺えるが、それは深い闇の中に溶け込んでいる。牛鬼は有言実行する人だ。言ったことは必ずやる。牛鬼は見事に隠れ酒の秘法を実演していたのだ。

牛鬼は野営病院のど真ん中で堂々と寝酒を飲んでいるのに、だれひとりこの隠れ酒の秘法を見破るものはいなかった。牛鬼の寝酒の完全犯行が確定された。

牛鬼の魂は、この隠れ酒の秘法で救われ、みるみる生きていく気力が漲ってきた。

一方、熊四の方は豪胆だといってもそこは若い女の子だ。牛鬼の寝酒が見つかったらどうしようと、さっきの続きを考えていた。

あたしひとりが捕まるのはいやだ。牢屋の中でひとりぼっちにされたら退屈してしまう。共犯の猿七も一緒に入ってもらおう。そして、猿七に頼んで子分に猿酒を持ってこさせるのだ。そしたら二人差し向かいで毎晩楽しく宴会ができる。もし牢番にばれたら、犯人は猿七の子分だとあっさり白状しよう。そしたら、牢屋は賑やかになる。捕まった猿七の子分たちに日替わりのメニューで猿芝居をやってもらおう。あたしは中途半端は嫌いよ。祈り山から猿が一匹もいなくなるまでやってやるわ。

熊四の空想は楽しいものだが、牛鬼の隠れ酒の秘法が、その実現を直ちに却下した。祈り山医師団による手厚い看護が粛粛と施されているその水面下で、主犯牛鬼、共犯熊四と猿七の完全犯行も粛粛と行われていた。

もちろん、医師虎三は確かな触診で牛鬼の健康状態を見守った。

さらに、猫六たちの忍者仕込みのナンバ踊りは牛鬼の体のツボを指圧し、牛鬼を夢見心地にさせた。そして、この猫六たちのナンバ踊りの身振り手振りはどこか滑稽で、見ている者を楽しませるものでもあった。看護に疲れた祈り山医師団の面面の慰労に大いに貢献した。

次の満月まであと七日という頃になると、すべての治療が終わった。

医師虎三の触診も、薬剤師猿七たちの漢方薬の調合も、看護師熊四の看護も、鍼灸師猫六たちのナンバ踊りもすべて無用になった。

牛鬼の体は全快したのだ。

祈り山医師団のみんなが必死になって助けようとしたのは牛鬼の体だが、実は死にかけていたのは心の方だったのだ。

そのことを知っていたのは、本人を除けば看護師の熊四と薬剤師の猿七だけだった。二人は結託して牛鬼の死にかけた心を助けようと暗躍した。その甲斐あって牛鬼の心は息を吹き返した。蘇った心は、牛鬼の体を離脱しかけた魂をしっかりつかみ、おまえの居場所はここだと引き戻した。

祈り山医師団の表と裏の身を粉にしての医療行為で、牛鬼は身も心も全快したのだ。

あとは介護士猪八たちの出番だ。

牛鬼は全快したといっても、自ら主体的に何かしているわけではない。歩くこともしなかった。食事も看護師熊四に食べさせてもらっていたし、薬も熊四に飲ませてもらっていた。

体のツボ押しも鍼灸師の猫六たちにしてもらっていた。すべてが他人まかせだった。体はすっかり鈍っていた。それで、牛鬼は体に受けた傷はすっかり治ったのに、今度は鈍り症候群を患っている。一般に怠け病と言われているものだ。

介護士の猪八たちの方も毎日のベッドの枯れ草の取り替えができず、怠け病予備軍になっている。

それで、似た者同士のリハビリテーションが始まった。

運動不足でストレスの溜まっている猪八が、腹這いで怠けている牛鬼のお尻を牙で突く。

「おい、牛鬼、立って走れ。おいらは気が短いんだ。気性も荒いぞ」

牛鬼を脅したり急き立てたりする。竹ミサイルで鍛えられた牛鬼の尻は猪の牙くらい痛くも痒くもないが、ここは猪八のメンツを立ててやれと重い尻を上げた。

そこへ、すかさず猪八の手の者が牛鬼にまとわりつく。そして、さっさと走れとばかり牛鬼の足を牙で突く。蝿みたいにうるさいやつらだなと牛鬼は逃げるようにゆっくり歩き出す。猪八たちは牛鬼を走らせたかったのに、牛鬼が歩き出したとたん牛鬼から大きく引き離された。牛鬼の体がばかでかく、足の一歩の幅が大きかったからだ。

それ、牛鬼に追い付けとばかり、猪八とその手の者たちが一斉に追い掛ける。

捕まってたまるかと牛鬼は歩く速度を上げる。猪八たちは全速力で追走する。追い付くや否や、猪八たちは牙で牛鬼の足を突きまくる。こりゃたまらんと牛鬼は走り出す。

こんなことを毎日続けて、次の満月の日がすぐそこに近づいた頃、牛鬼の怠け病も猪八たちの怠け病予備軍もすっかり完治した。

そして、牛鬼の鈍った体も、猪八たちの運動不足で緩んだ体も、ともにアスリートのように引き締まった体に変わった。

十一

いよいよ、その日がやってきた。

満月の日の早朝、たったひとりの患者を診てきた野営病院は、旅立つ牛鬼の送別会の式場に変わった。そこにはいつものように幟旗が突き立ててあった。だが、風にたなびくその文字は、いつの間にか「祈り山医師団」から「祈り山公園」に変わっている。誰の仕業かはその書体でわかる。丸文字だ。幟旗の横には例によって盆が置かれている。その上には首に垂らす紐のついた名札が置かれている。書体はやはり丸文字だ。

主役の牛鬼は、緊張した面持ちで背筋を伸ばして直立している。首には「修行者」と書かれた名札を垂らしている。その様子はまるで小学校を卒業する児童が、校長先生が来るのを待っているようだ。前途洋々を感じさせる清々しい顔をしている。

そこへ係員が次々にやってきて、盆から自分の名札を取り、首に垂らす。平五は「炭焼き」と書かれた名札を取り、首に垂らした。猫六は「忍者」、猿七は「杜氏」、猪八は「短距離走者」の名札を取った。虎三は「ただの弱虎」と書かれた名札をしぶしぶ取った。最後に二人揃ってやってきた熊九は「山長」、熊四は「山長の奥さん」の名札を取った。

全員が揃ったことを確認した山長の熊九は、牛鬼を中央に半円の陣を敷いた。

戦いでは、敵の逃げ道を塞ぐため十字の陣を敷いた。きょうは送別会だ。主役のための旅立ちの花道を開けておかなければならない。

牛鬼と向かい合って熊九が立ち、その左側に熊四、猿七、平五が順に並んだ。右側には虎三、猪八、猫六が順に並んだ。

熊九は送別式を始める前に、まずみんなからのはなむけの品を牛鬼に贈呈することにした。

「牛鬼、式を始める前に、ここにいるみんなが、おまえの旅立ちを祝う品を渡したいと言っている。受け取ってくれないか」

先頭を切って熊九が、牛鬼に刺さった竹ミサイルを引き抜くときに使った綱を持って牛鬼の前に歩み出た。

「恐れることはない。もうおまえの体には竹ミサイルは刺さっていない。黙ってこれを締め込んでくれ」

牛鬼が綱を締め込んで横綱になったのを、熊四はしっかり見た。熊九に代わって熊四が進み出た。手に持った長い紐のついたポシェットを牛鬼に手渡すと、牛鬼はそれを首から垂らした。ポシェットの表には可愛い牛の絵が、裏には弱そうな鬼が描かれている。垂れた紐の長さが思ったとおり丁度良かったのを確かめて、熊四は親指を立てた。

熊四は可憐な二輪のりんどうの花と、それに色を合わせた紫色の二本のリボンを左の手に持っている。そこから一輪のりんどうの花と一本のリボンを右手で摘み、牛鬼に差し出した。

「これは、りんどうの花です。漢字では竜胆と書くの。見かけは可愛い花だけど、病気を治す薬にもなるの。だから、勝利という花ことばがあります。牛鬼さんは今度の合戦では牛鬼討伐隊に負けたわ。雨あられの竹ミサイルの攻撃を受けて体に深い傷を負ったわ。でも、死にかけた牛鬼さんは、このりんどうたちのような薬草で治療してもらって、今度は受けた深い傷に勝ったの。花は見かけによらず凄い力を持ってるのよ」

牛鬼は嬉しそうに笑顔を見せ、すぐに右の角に紫色のりんどうの花を同じ色のリボンで蝶々結びした。熊四は続いてもう一輪のりんどうの花と一本のリボンを右手に持ちかえ、

「りんどうは他にも正義という花ことばもあるのよ。牛鬼さん、あなたの正義はなあに」

そう言って、牛鬼に手渡した。

牛鬼は一瞬きょとんとしたが、機械的にそれを左の角に蝶々に結んだ。

熊四から手渡された二輪のりんどうの花を、牛鬼は迷いもせず熊四の望むところにリボンで結んでいる。二人の息は見事に合っている。

もう用は済んだと、熊四はさっさと自分の位置に戻っていった。

だが、熊四に花ことばで謎をかけられて牛鬼は戸惑っている。

「正義って一体何だ。俺が持ってるのか。持っていないとしたら、どこへ行ったら手に入るのだろう」

そこへすかさず猫六が右側の隅から進み出て、牛鬼に紙を差し出した。その素早い動きは牛鬼に正義の続きを考えさせる暇を与えなかった。

「そいつは牛鬼体ツボ図っていうんだ。バツ印をつけてある所があんたのツボだ。体が怠いな、重いなと感じたら、そのバツ印の所を自分の肉球で押すんだ。

どのバツ印を押せばいいんだとお。今、ここで全部のバツ印のツボをいちいち説明したら日が暮れる。どこでもいいから、あんたの手の届く所のツボを押すんだ。そうしたら、ここに帰ってこられるくらいの元気は出る。あんたの押し残したツボはあんたが帰ってきたとき、まとめてオレたちが押してやる。もちろんナンバ踊りをしてだ」

そんな難しいことが俺にできるのかなあと牛鬼は困った様子で、それでも牛鬼体ツボ図を丁寧に畳み、首に垂らしたポシェットに大事そうにしまった。

いつの間にか猿七の後ろには、子分の猿たちが両手に竹筒を持って整然と一列に並んでいた。猿七が牛鬼に歩み寄ると、子分たちはぞろぞろとその後に続いた。

「こいつらが持っているものが何か、言わなくてもわかるよな」

猿七はそう言うと、さっと少し右に寄った。

「差し上げろ」

これを聞いた一の子分が猿七のいた所に進み、牛鬼に竹筒を一本ずつ差し出す。受け取った牛鬼は、その竹筒を腰に締めた綱に差す。

竹筒の献上を終えた一の子分は、列の左側を通り半円の陣の元の位置に素早く戻る。二の子分以下の者たちも同様の行為をして元の位置に戻った。子分たち全員が元の位置についたとき、牛鬼の腰に締め込んだ綱には四十本の竹筒がずらりと並び、まだ早朝なのに早々と夕陽のガンマンになった。

これを見届けて、頭の猿七は半円の陣の元の位置に戻った。

牛鬼は仁王立ちで竹筒の重みを快く腰に受け止め、朝日を浴びてニヒルに笑った。

猿七の左隣にいた平五は、大きな竹籠を提げて牛鬼の前に進み出た。竹籠を差し出すと竹籠の中からのいい匂いが牛鬼の鼻をくすぐった。

鼻風邪をひいた者でも、その匂いの元は容易に嗅ぎ当てられる代物だ。

「この中におにぎりが入っている。旅先で食ってくれ」

平五はそう言うと、元の位置に下がった。

酒のお供が向こうからやってきた。それも特別上物の松茸入りのおにぎりだ。嬉しさがありがたさに移り変わっていき、牛鬼は思わず涙を零しそうになった。

その涙を零してしまえとばかり、半円の陣の右側から猪八が子分二人を連れて半円の中央まで行進した。そして、見ればわかるというように両手で抱えたじゃがいもを、猪八をはじめとして子分の二人が次々と牛鬼に手渡した。牛鬼は受け取ったじゃがいもをその都度大きな竹籠の中に入れた。蝿のようにうるさくつきまとっていたこいつらは、一体どこを掘ってきやがったのかと一瞬訝ったが、俺はもうすぐここを出ていくんだと思い直し、その先は追及しないことにした。

じゃがいものあとは卵だ。べつに意識的に割れやすいものを最後にしたわけでない。偶然そうなったのだ。熊九の右隣にいた虎三が進み出て、慎重に箱を牛鬼に手渡した。箱の中には藁に埋もれた卵がぎっしり入っていた。

平五が真竹で拵えた竹籠が大きくて助かった。卵が沢山入った箱を入れてもまだ余裕があった。竹籠はみんなからの餞別の品が沢山入って重くなった。だが、逞しい牛鬼の二の腕は楽々とその重い竹籠を提げていた。

「牛鬼さん、卵は完全栄養食です。病み上がりの人には是非食べてほしいと思って持ってきました。牛鬼さんは元気そうに見えます。でも、元医者のボクが見ると、まだ牛鬼さんの体は万全ではありません。この卵を食べて、ボクが見ても元気に見えるように早く良くなってください。

それと、ここからはボクのお願いを言います。ボクがこの祈り山に来る前には悪い牛鬼がいました。牛を食ったり人を食ったりして、村の人々を困らせていました。今、その悪い牛鬼は良い牛鬼に生まれ変わって、この祈り山を出ていこうとしています。去る者は追わずというのがこの祈り山の掟です。そうすると、この祈り山に大きな空白がぽっかりできます。空白のままだと何も心配しなくていいのですが、悪いものが入ってくるかもしれません。そうすると、この祈り山の平和が危うくなります」

虎三は、首から下げた牛鬼笛をつかんだ。

「そのときは、この牛鬼笛を空に向かって吹きます。この笛の音は牛鬼さんだけが聞くことができます。そして、牛鬼さんがどんなに遠くにいても、ボクの吹く笛の音は必ず届きます。いま、ちょっと試しに吹きますね。

どうですか、聞こえましたね。牛鬼さんがどこにいても、今聞いてもらったこの笛の音が届いたら、すぐに帰ってきてボクたちが住むこの祈り山の平和を守ってください」

牛鬼は空いた方の前足で胸をポンと叩いた。

「わかった。この祈り山は俺の故郷だ。この故郷を荒らす悪いやつが現れたら、そいつの好きにさせるわけにはいかない。急いで帰ってきてそいつを懲らしめてやる。おまえらは俺の命の恩人だ。俺は受けた恩は決して忘れない」

虎三は、ありがとうと礼を言って半円の陣に戻った。

最後にもう一度、熊九が牛鬼の前に進み出た。

「これは俺と妻からの餞別だ。おまえの体に刺さった竹ミサイルを引き抜いたとき、俺はもうおまえは駄目かもしれないと心配した。

そんな死にかけたおまえに妻が蜂蜜を舐めさせているのを俺はじっと見ていた。おまえが蜂蜜を舐めると、ただ開いているだけだったおまえの目に力が出てきた。俺はそれを見逃さなかった。やっぱり蜂蜜はただ甘いだけじゃない。体を元気にさせる力があるんだ。

それに、だんだん元気になってきたら、もっと蜂蜜を舐めさせろとおまえは妻にせがんだそうじゃないか。そんなおまえの頼みをいちいち聞いていたら、おまえをただの甘ったれの大きな塊にしてしまう。だから、今までとっておいたんだ。本当はこれが一番欲しかったんだろ」

熊九がそう言うと、いつの間に来たのか熊九の隣で熊四が微笑んでいた。

「べつにあたしは牛鬼さんにいじわるしてたわけじゃないのよ」

熊四は片目をつぶると、熊九と並んで元の位置に戻った。

半円の陣の定位置についた熊九は、改めてみんなに向かって話し出した。

「この場所は、この前の満月までは牛鬼の居所だった。それが敵の本営となり、俺たちが夜襲をかけ、その合戦に勝利した。その後、野営病院になって昨日の満月の夜を迎えた。そして、今日、牛鬼はめでたくこの野営病院を退院する。たったひとりの患者に出ていかれては、この野営病院は最早これまでだ。涙を飲んで閉院する。

病院といっても、もともと屋根もなければ壁もない。取り壊すものが何もない。それがせめてもの救いだ。俺たちがいないただのだだっ広い空き地に戻るだけだ。そこで、この空き地に名前をつけようと思う。俺は祈り山公園がいいと思うんだが、おまえたちはどう思う」

みんなは声を揃えて「賛成」と言った。

みんなの同意を得て勢いづいた熊九は、かねて用意した祈り山公園興こしの筋書きどおりに演説した。

「今、この広場の名前が満場一致で決まった。

これからは、ここを祈り山公園と呼ぶことにする。俺たちが立っているこの広場が、月のたった一巡りの間に三度も改名されたのを俺たちは目の当たりにした。それに俺たちの呼び名も変わった。俺は牛鬼討伐隊の大将から祈り山医師団の団長に、そして今は祈り山の山長だ。

猪八、おまえはそんなに首を傾げて何をしてるんだ。自分がどう呼ばれていたのか忘れてしまったようだな。それだからおまえはいつまでたっても教養が身につかないんだ。おまえのせいで時間を無駄にしたくないから、おまえの代わりに俺が思い出してやる。おまえは元元が軍曹で、それが元介護士になって、今は短距離走者だ。

このように、土地の名前も人の呼び名も時とともに変わっていく。この世に変わらないものはないんだ。猪八、おまえのために言っておく。これを万物流転というんだ。諸行無常という人もいる。ほかにも、生者必滅とか会者定離(えしゃじょうり)また盛者必衰といった言い方もある。

猪八、これを全部覚えるのはおまえには無理だ。どれでもいいから、おまえの好きな熟語をひとつ選んで持っていけ。

さて、おまえたちが首に垂らした名札に何が書いてあるか見てほしいんだ。その名札にはおまえたちに相談せず俺と熊四が勝手に決めたものが書いてある。ひとりずつ順にそれを読み上げてくれ。みんなでそれを聞いて、そいつの生業に相応しいものかどうか確かめてもらいたいんだ。猿七から始めて時計回りにぐるっと回って最後は虎三が読み上げてくれ」

猿七が「杜氏」と読み上げ、その後順に平五は「炭焼き」、牛鬼が「修行者」、猫六が「忍者」、猪八が「短距離走者」と言い、最後に虎三が「ただの弱虎」と言った。

みんなが順に、熊九と熊四に勝手に決められたそれぞれの生業を読み上げたあと、熊九がみんなに訊いた。

「どうだった。みんなのそれぞれに相応しい生業だったか」

そう訊かれて、一人を除いてみんなは勝手に決められた生業に納得しているようだった。除かれたその一人は虎三だった。気の弱い虎三は不服の顔を黄金仮面の下に隠していた。しかし、この半円の陣形で並んでいる者は、いずれも戦場や病院で獅子奮迅の活躍をしてきた強者ばかりだ。仮面の下に隠したどんな顔も決して見逃さなかった。みんなは一斉に虎三を指差して声を揃えて言った。

「ひとり相応しくない人がいます。それはこの人です。ただの弱虎はひどすぎます」

それを聞いた熊九は、俺の書いた筋書きどおりに進んでるなとほくそえんだ。

「さっきは名前の無いこの空き地を、みんなの承認を得て祈り山公園と命名した。今度は虎三に相応しい生業を見つけようと思う。俺は名前のついたこの祈り山公園の管理人にしようと思うんだが、みんなはどう思う」

全員が声を揃えて言った。

「妥当です」

これで失業中の虎三の生業が決まった。

祈り山の山長として、祈り山公園興こしは大事な事業だ。のんびりしてはいられない。早く着手することが大事だ。そのためにはここの管理人を早く決めなければならない。管理人は誰にやってもらってもいい。熊九は猪八でもいいとさえ思った。大事なことはみんなの合意で選ぶことだ。それで決まった管理人にはもう逃げ道はない。やるしかない。これが、熊九が描いた筋書きだった。そして上々の首尾だった。

だが、ちょっと手間取ったなと思ったとき、送別会の主役、牛鬼を放し飼いにしていたことに気がついた。目を向けると牛鬼は足元に大きな竹籠を置いていた。欠伸をしている。

逆三角形の逞しい上半身、太い二の腕、割れた腹筋、引き締まった腰、大きな尻、盛り上がった太股、そんな牛鬼でも、欠伸が出るほど長く置いてきぼりをくわされては、重い竹籠を提げ続けていられなかったのだろう。

ところで、熊九に教養が足りないと言われた猪八は、どこかに教養が落ちていないかと探していた。

その目が、牛鬼の腰に締め込んだ綱に差した竹筒を捉えた。魔が差したというのか、常軌を逸した猪八にはそれが相撲の横綱のしめなわに垂らした四手(しで)に見えた。ほほお、四十本も垂らしてるのか。随分景気がいいなとぼんやり見ていた。

すると、その体が動き、片方の足が上がった。それが下りるともう片方の足が上がった。おお、四股を踏むのかと猪八はウッと唸って身構えた。だが、すぐにその緊張を解いた。長い時間待たされて、牛鬼の足が怠くなったのだ。滞った血行を良くしようと牛鬼が小刻みに足を動かしていただけだった。

それでもまだ猪八の目は、教養探しを諦めなかった。幻の四手を見た猪八は、二度目の幻視をした。今度は西部劇の賞金稼ぎがベルトにつけている拳銃の弾に見えてしまった。猪八は慌てた。いつの間にかおいらの首に賞金がかけられていたんだ。おいらはただ他人の畑を掘ってじゃがいもを盗んだだけなのに。

すると猪八の頭の中の、まずい、少ししかない教養を食べ尽くしたウイルスが、次々に他人の頭に移住を始めた。すぐ右隣にいる猫六が真っ先に犠牲になった。しかし、猫六は悪いウイルスに移住されたことに気がつかない。

オレの首にも賞金がかけられていたのか。派手に鰯を盗ったからなあと、足りなくなっていく頭で考えている。

猪八のすぐ左隣の虎三の頭の中にも、腹をすかせたウイルスが移住してきた。ボクにも覚えがある。こっそり鶏小屋から卵を盗んでいたと、目の前にいる賞金稼ぎに怯えた。卵を盗ったくらいでは厳重注意くらいですまされるのに、このうろたえぶりだ。

平五も後悔していた。松茸は二本にしておけばよかった。牛鬼の餞別のおにぎりに十本も取ってしまった。

猿七は、自分は悪くないと言い張った。これまでどおりの猿酒を造っていれば何の科も受けずにすんだはずだ。それを牛鬼を酔わせるためだと煽られてうんと濃いやつを造らされた。こんなことをしたら密造酒になることはわかっていた。オレは悪くない。悪いのはオレを唆(そそのか)した熊九だと、熊九に罪をなすりつけた。

そのとき、誰かが面白そうにそっと言った。

「誰の賞金が一番高いのかなあ」

声がした方に熊四越しにそっと目を向けてから、猿七が猫六に言った。

「おまえにだけは負けたくない。オレの賞金額が一番高い」

すると猫六は、きっと猿七を見据えた。

「賞金額は体の大きさでは決まらない。盗んだものの数で決まるんだ。オレの賞金額の方が高い」

猿七も負けていない。

「賞金額は密造した酒の量で決まるんだ」

こうなると猫六も意地になった。

「こっちは港にあがった鰯を総盗りしたんだ。数が多いオレの勝ちだ」

もうなんだか噛み合わない口喧嘩に熊四は痺れを切らした。

「あんたたち、何を言い合ってるの。もう、ホントにお馬鹿さんね」

と言って、熊四は慌てて口を押さえた。

それは、この祈り山では馬鹿とか間抜けということばは使ってはいけないという掟があるからだ。こう言われた人は本当にそのとおりになると信じられていた。すると、そのとおりになったそいつらが面白がって馬鹿や間抜けのばい菌を撒き散らす。気がついたらばい菌は蔓延して大爆発だ。こうなったらもう誰にも止められない。

これを、馬鹿パンデミックとか間抜けパンデミックと言う。自分たちがついうっかり口にした馬鹿や間抜けということばが、こんな馬鹿なパンデミックや間抜けなパンデミックを起こしてしまうのだ。そんなことになったらお天道さまに申し開きできない。口は慎まなければならない。教養が無いと言ってもいけない。みんなに教養が無くなったら世に誇れる文化の担い手がいなくなる。

逆に教養が足りないということばは、積極的に使うべきだ。足りないくらいが丁度良い。また、教養が足りないということばには、その人の人格を高めてやりたい、品位ある人に育てたいという熱い思いが込められている。

慈愛の眼差しで教養が足りないと言われたら、その人の教養はいい塩梅に足りなくなる。

熊四は掟を破って、ついうっかりお馬鹿さんねと言ってしまったことに気づいてはっとした。そして、掟に込められた深い意味を一瞬で思い出した。確かにお馬鹿さんと言ったけど、たったひとことだったし可愛らしく言ったから大目に見てもらいましょうと、都合のよい解釈をして話の続きを再開した。

「まったくあきれた人たちねえ。みんな一度に教養が足りなくなるなんて。あんたたちが見ているのは牛鬼さんよ。もしそれが賞金稼ぎに見えたのなら、それを幻視とか幻覚と言うのよ。そんな幻に怯えて自分が犯した犯罪行為をあっさり白状するなんて、なんとまぬ……いや、教養が足りないのかしら。揚句の果てに人に罪を擦り付けたり、かけられた賞金額の高さを競ったりして全くもうおば……いや、教養が足りないんだから。

あんたたちの目には、あそこに立っている人が拳銃なんか持っていないのが見えてないの。無い拳銃が有るように見えるの、そういうのをあたしがさっき言った幻視というの。幻覚なの。それでもまだシラを切って、あの竹筒が拳銃の弾だと言い張るの。もし、あんたらの言い分が通ってあそこに立ってる人が拳銃の弾を投げつけてきたら、もうあたしは容赦しない。もしその人がリー・ヴァン・クリーフだったら、あたしが成敗してやる。でも、好きなクリント・イーストウッドだったら、一応売られた喧嘩は言い値で買うわ。でも、自分の手は汚したくないから、涙を飲んで熊九に言いつけてやる。

あのクソ長い竹ミサイルは、戦勝記念品として熊九の役宅の床の間に飾ってあるわ。あたしが頼んだら、熊九は可愛くてたまらない猪八のお尻を思いっきり張り飛ばして知らん顔をする。そして、これは猪八の単独行為だということにして、あのクソ長い竹ミサイルをあんたらが言う賞金稼ぎにぶち込んでくれると思うわ」

みんなのやりとりを面白そうに黙って聞いていた熊九が、笑いを噛み殺してやんわりと言った。

「おい、熊四、もうそのへんにしておけ。まさか、おまえまで幻を見てるわけじゃないだろうな。

さあ、もうそろそろ本日のメインイベントを始めるか。主役の牛鬼があそこで朝っぱらからもう二時間もあの状態で突っ立ってるんだ。今日はやつの耐久テストをするのが目的ではない。早く送別式を始めないと牛鬼が貧血を起こしてぶっ倒れるかもしれない。そしたらやつは再入院だ。この野営病院は畳んだからと他を当たったりしたら、あの潰れた病院はやっぱりヘボ医者の巣窟だったのかと世間から馬鹿にされる。それなら、ここは元病院のあった所だ。しかも、そのど真ん中だ。患者を搬送する手間が省けると病院を復活させるか。

それはたったひとりの患者を追い出す。そして閉院する。すかさず、何の証拠も残さずそいつを病人に仕立てて再入院が必要だと言って病院を復活させる。そして都合良く病人に仕立てたやつを再入院させる。おまえたち、何か犯罪の臭いがしないか。俺はそう思われてまで病院を再開したくない。

俺はこの病院を閉鎖すると言った。言ったことは必ず実行する。それに時というものは逆戻りさせることはできない。教養の足りないおまえたちに、俺は万物流転なんて難しいことを言ったよな。まだおまえたちはその意味がわかっていないようだから丁寧に言ってやる。俺は、これからは時の流れに身を任せて生きていくことに決めたんだ。すべてのものは時の流れるままに移り変わっていく。逆らうことはできないんだ。万物流転とはそういう意味だ。わかりやすく言うと、一旦閉めた病院はもう二度と開いてはいけないということだ」

これ以上無駄話をしていると本当にこいつの再入院先を探さなきゃならなくなる。そんなことになったら、俺たちの苦労は元の木阿弥だと熊九は思った。

そのような取り込み中の熊九に、猪八がもじもじしながら尋ねた。

「あのお、熊九さん、ちょっと訊いてもいいですか。おいら、ずっと前から気になってることがあるんです。熊九さんは名前に九がついてますねえ。虎三は三がついてる。おいらは八だ。ここにいるみんなの名前には数字がついてる。それを取り出したら、三、四、五、六、七、八、九と行儀良く並んでるんです。

どうしておいらたちの数字はこんなに行儀がいいんだろう。おいらたちの毛並みがいいからなのかな。でもねえ、一と二が足りないんです。なんでかなあとずっと考えてるんです」

熊九は猪八が遠慮しながら訊いてきたので、何かあったのかと一瞬身構えた。

「何だ、おまえはそんなつまらないことでずっと悩んでたのか。俺は忙しいんだ。今、牛鬼の再入院先を考えてたんだ。

でも、思い直してみるとおまえは面白いところに目をつけたかもしれねえ。たしかに一桁の数字は一から九まで九つある。そのうちの三から九までの七つの数字を俺たちは持っている。だが、一と二が足りない。教養が足りないおまえが言うのだから本当に足りないのだろう。おまえが考えたそこまでは正しい。だがな、いつもおまえに言っているように、教養でも何でも少し足りないくらいが丁度いいんだ。ものごとはあと少しで完成だという未完成が丁度いいんだ。それをおまえはどうして数字の一と二がつく人を俺たちの趣味の会に入会させたいのだ。それで、一から九までの一桁の数字を完成させて、一体おまえは何をしたいんだ」

猪八の返事を訊くのも馬鹿らしくなって、熊九は先延ばしのままになっている送別式を始めようとした。

一方、牛鬼はただぼんやりと何も考えずに突っ立っていたわけではない。生まれてからこの前の満月の日までの長い年月の間、どんな悪事を働いてきたのか、ひとつひとつ思い出していた。そして、人々が泣き叫び救いを求める姿が記憶の中で何度も繰り返された。そして、この前の満月の夜、その報いとして熊九たちによる鉄槌が下された。

その後、今日の満月の日まで長い病院での暮らしが続いた。受けた体の傷は深く、気絶するほど痛かった。それを祈り山医師団の人たちの手厚い看護や治療で傷の痛みは小さくなっていった。また生きていく力も蘇った。嬉しかった。みんなの献身的な看護と治療、それに介護がありがたかった。文句も言わずあたりまえのように尽くしてくれる人たちに涙が出るほど感謝した。こんな気持ちになったのは初めてだ。すると、自分がやってきたことの罪の深さが牛鬼の良心を激しく責めたてた。そして、牛鬼にきっぱりと決心するよう促した。

これからはもう牛や人は食べません。木の実や葉っぱを食べます。ベジタリアンになって人生をやり直します。実は葉っぱは大好きなんです。一度貼ってもらったら、もう病みつきです。でも、これからは食べることも覚えます。そして、もう人を困らせるようなことはしません。まっとうな牛鬼になりますと、山の神さまに誓った。

熊九は随分長い時間、牛鬼を放し飼いにしていた。その間に牛鬼がこんな反省と決心をしていたことに、熊九は気づいていなかった。

熊九はさっさと送別式を済ませて、牛鬼がまだ元気なうちにここを出ていってもらおうと送別式の口火を切った。

「牛鬼、おまえは体に負った深い傷の痛みによく耐えた。そして驚くべき自己治癒力で見事に体を快復させた。おまえが今日退院できたのはおまえに生きる力があったからだ。しかし、少しは俺たちも貢献できたのではないかと思っている。このことも忘れないでほしい。俺たちはおまえに医療関係者としての冥利(みょうり)を堪能させてもらった。牛鬼、今日の退院、おめでとう。

ところで、おまえは修行の旅に出るそうだな。旅先ではいろいろなことがあるだろうが、言っておきたいことがある。それは、もうおまえはひとりじゃないということだ。昔、おまえは孤独だった。その孤独に負けて、おまえは悪事を重ねた。だが、もうおまえはひとりじゃない。後ろに俺たちがいる。旅先にもいろんな人がおまえを待っている。人はひとりじゃあ生きていけない。人と支え合っていかなきゃ生きていけないんだ。

そのためには他人の痛みを知らなきゃならない。おまえはもう自分の痛みは十分思い知ったはずだ。それと同じような痛みを他人はみんなそれぞれ背負っている。幸せそうに見える人でも必ず何かしら辛いことや苦しいこと、悲しみや悩みなどを抱えている。そんな他人の痛みを、もうおまえは感じられるはずだ。

だから、今度は他人の痛みを知ろうとすることだ。そうすると、人はおまえを支えてくれるだろう。おまえは改心したといっても、まだ人に良いことをした実績がない。まだ素人だ。おまえがなにげなくやっていることでも、他人を困らせていることがあるかもしれない。自分が気づかないだけだ。他人の痛みを知ろうとする優しい気持ちで人に接すれば、他人を傷つけることは減らせるはずだ。俺がおまえに言いたいことは、人を思いやること、人を労ること、人と共に支え合って生きていくことだ。これが、おまえに贈る俺のはなむけのことばだ。では、達者でな」

熊九が言い終わると、ひと呼吸おいて熊四が話し出した。

その口元を牛鬼が見たとき、二本の黄色い角に何か感電するものに触れたような微かな刺激が走った。そして二本の角の先から水平に白い光線が走り、真ん中でぶつかって小さな火花を飛ばした。

「牛鬼さん、体に気をつけるのよ。無理しちゃ駄目よ。修行で筋肉痛になったらすぐに帰ってらっしゃい。あたしが猿七さんに頼んでよく効くお薬をつくってもらうわ。牛鬼さんは大きな葉っぱが好きでしょ。そのお薬を塗った大きな葉っぱをあたしが痛いところに貼ってあげるわ」

あとはオレにも言わせろと、先を争って別れを惜しむことばが飛び交った。

猫六がマフィアの親分気取りで言った。

「牛鬼さんよ、もうあんたの体はオレたちのナンバ踊りで指圧中毒になってるよ。指圧が切れたあと、どれくらいもつか知ったことじゃないが、たまらなくなったらいつでも帰ってこい。地獄から天国へ圧し上げてやるぜ」

すると、猫六なんかに負けてたまるかと猿七が、熊四と交わした守秘義務を破り始めた。

「おまえは寝酒が好きだよな。それも、隠れ酒という妖怪だけができる秘法を使って。バレそうでバレないそのスリルはたまらない。

そんなスリルをもう一度と思ったら、いつでも帰ってこい。そのお膳立ては全部オレがやってやる。そのお膳立てというのは丁度いまの状況だ。違うのは実演する時間だ。真夜中に決行する。今、オレはみんなにおまえの寝酒の種明かしをした。そんなことくらいではこの秘法を見破ることはできないという自信があるなら、早く帰ってきてみんなの鼻を明かしてやれ」

酒ときたら松茸だとばかり、平五が食い物で牛鬼を攻めた。

「おらは松茸ごはんのほかにも、季節のものを使ったうまい料理ができる。修行の身では食事をするにもさぞつましいものだろう。うまいものが食いたくなったら思いっきり腹をすかせて帰ってこい。こう見えても、おらは管理栄養士だ。体にいい、うまいものを食わせてやる」

牛鬼から蝿と言われた猪八は、前足で地面を掻いた。

「おいらと駆けっこしたくなったら、いつでも帰ってこい。おいらは短距離のスペシャリストだが、おまえが望むなら、マラソンだって付き合ってやる。もう蝿のようにおまえにまとわりつかない。正々堂々と競走してやる」

最後に、虎三が牛鬼との別れを惜しんだ。

「ボクは元医者だ。たった今、引退したけどまだ腕は確かだ。もし旅先で病気になったら、這ってでも帰ってこい。どんな病気でも、よく効く注射を打ってやる。

それと、ボクは今日からこの祈り山公園の管理人になった。管理人というのは、ここに不法に人が入ってこないように見張るのが仕事ではない。むしろ沢山の人に来てほしいのだ。そのためには、この公園を誰もが来たいと思うような魅力溢れたものにしなければならない。そのためにどんな催し物をしたらいいか、それにはどんなスタッフの力が必要かといったことを企画しないといけない。こんなことをいろいろ考えて、それを実際にやってみるというのがボクの仕事だと思うんだ。ここをみんなに愛される公園にするのがボクの夢です。この夢の実現に牛鬼さんの力が必要になったとき、この牛鬼笛を吹きます。悪者退治に牛鬼さんを呼ぶときは、メロディをつけずにただ吹くだけです。でも、この祈り山公園興こしに牛鬼さんを呼ぶときは、メロディをつけて吹きます。ボクは牛鬼笛のための曲も作れます。もう何曲か作ってます。

例えば『彷徨える牛鬼』という曲も作りました。でも、こんな曲を吹いたら、牛鬼さんはいつまでも彷徨いますから、祈り山公園興こしで呼ぶときには吹きません。『牛鬼のブルース』も作りましたが、これも時と場所と目的を考えて吹かないといけません。『牛鬼讃歌』は、祈り山公園興こしが成功したときに吹きます。まだ作曲してないのですが、候補はいくつかあります。

『牛鬼行進曲』『帰っておいで牛鬼さん』『酒と駆けっこの日々』『蜂蜜こそわが命』『必殺

指圧の技』『松茸恋し』『枯れ草の宿』『片目つぶると意識遥かに』『誰でもできる教養のつけ方』『竹ミサイルの恐怖』『綱の使い方教えます』『鰯の臭いを飛ばしたい』『柊のトゲは痛いか撒きたいか』『寝酒と隠れ酒はどう違う』『りんどうの花は何色』『猪は秋になっても飛ぶ蝿か』『牛鬼と竹ミサイル』『酒は桶か竹筒か』『大きな葉っぱを夢見てる』『満月の夜は何かが起こる』。牛鬼さん、どれがいいですか。

ええっと、それからもう一曲あります。これが本命かもしれません。ボクの作曲ではありませんが、『六甲おろし第二』という曲です。メロディは『六甲おろし』と同じですが、歌詞が違います。この紙にその歌詞を書きましたが、元の歌詞にちょっと手を加えてボクの応援歌にしてるんです。ボクが吹く牛鬼笛のメロディに乗って、牛鬼さんが『六甲おろし第二』を歌ったら、牛鬼さんはボクを応援したくてたまらなくなるはずです」

話し終わると、虎三は『六甲おろし第二』の歌詞を書いた紙を牛鬼に差し出した。

牛鬼はその紙を受け取ると、口をもぐもぐさせながらその紙に目を通した。顔を上げると、牛鬼はしばらくぼんやりと遠くを見ていた。手にした紙に目を戻すと、牛鬼は『六甲おろし』のメロディを思い出したのだろう、低い声で『六甲おろし第二』を歌いながら、その歌詞を書いた紙を丁寧に畳み、首に垂らしたポシェットに大事そうにしまった。

このような熊九をはじめ、その仲間から飾らない本音の愛に溢れた別れのことばが牛鬼に波状的にかけられた。言っていることはひとりひとり違うが、どれも温かい思いやりのあることばだった。そして、修行の旅に出るのはいい、だが早く帰ってこいという思いはみんな同じだった。

もう牛鬼は、目蓋から涙が零れそうになっている。涙は見せたくないと目蓋は踏ん張っているが遂に限界がきた。踏ん張った分だけ大きくなった涙の粒がポロリと落ちた。そのとき、牛鬼の黄色い二本の角の中程の所がピカリと光った。大粒の涙が一粒落ちるともう牛鬼はたまらなくなった。牛鬼はウォーと大きな声で泣き出した。その泣き声は空高く響いた。

それに合わせるように、二本の黄色い角の上半分の色が消えていく。それが白い色になったとたん、角に結んでいるりんどうの花の紫色が鮮やかな黄色に変わった。

牛鬼の大きな泣き声は涙の土砂降りを促した。すると、涙の落下と呼応して黄色い下半分の角が、下に向かってその色が薄れていく。

それに伴って、牛鬼の黒い体が上から下へとその色が薄れていく。二本の角が真っ白になったとき、牛鬼の黒い体は美しい光輝く黄色になっていた。

牛鬼の風貌が、上から下へ、黄色いりんどうの花、白い角、黄色い体に早変わりしたとき、「これだ」と牛鬼は叫んだ。

「俺はもう肉食はしない。ベジタリアンになる。もう人を困らせるようなことはしないと決心した。決心しても、それを口にしても、俺は何も変わってないいんだ。熊九さんが言ったように、決心したことを実際にやらなきゃ何にもならないいんだ。自分の痛みを知っても他人の痛みを知ろうとしなければ何の意味もないいんだ。人に優しくしようと思っても、人に優しくしないと人は気づかないいんだ。このように自分ができること、そしてそれをしてもらった人が喜ぶことを実際にやることが大事なことなんだ。そして、それこそが俺の正義だ。

さっき別れのことばをかけてくれた熊四ちゃんの顔を見たとき、俺の角が何かに感電して二本の角の真ん中で火花が飛んだような気がした。あれは、りんどうの花ことばの謎を早く解いてという、熊四ちゃんが飛ばしたレーザービームだったたんだ。今、やっとその謎が解けた」

もう牛鬼の泣き声は止んでいた。涙も止まっていた。悟りの境地に入った牛鬼は幸せに包まれて、心は既に旅先の空に飛んでいた。

熊九は、牛鬼が歌舞伎の早替わりをしてるのかと驚いた。もっと驚いている猪八に目を向けて熊九が訊いた。

「おい、猪八、何をそんなに驚いている」

牙の根が合わない猪八は、尻をすぼめてうろたえている。

「紫色だったりんどうの花が黄色になってます。黄色だった角が白くなってます。黒かった体が黄色になってます」

熊九は呆れた顔をして頭を振った。

「あれを見た者は誰でもそう言う。俺がおまえに訊きたいのは、それをおまえがどう見るかだ。これ以上おまえに訊くのは時間の無駄だ。これからおまえの足りない教養を補充してやるからしっかり聞け。

頭についてる角が白くなったのは、白旗を振ったということだ。牛鬼は無条件降伏したんだ。もうやつは四の五の言い訳はしない。降参したんだ。

りんどうの花の黄色も、牛鬼の体の黄色も共に幸せを喜ぶ色だ。もう悪いことをしなくていいんだ。孤独から解放されたんだ。もうひとりじゃない。みんなと一緒だ。これからは人と支え合って生きていくんだ。牛鬼はそんな幸せに包まれているんだ。なぜこんなことを俺が知ってるかというと、ずっと前に映画を見たからだ。そこで熊四と会ったんだ。感動した」

熊九の猪八に対する教養講座が終わったことを確かめて、牛鬼はみんなに一礼した。そして、旅立ちの短い挨拶をした。

「月の一巡りという短い間でしたが、みなさんに大変お世話になりました。そして今、みなさんから心温まる励ましとはなむけのことばをいただきました。みなさんのご厚意は決して無駄にはしません。みなさんから教えていただいたことは自分の口でよく咀嚼して、自分のものにしてから勇気を出して実行します。

そうは言っても、今の自分にはあまり自信がありません。生まれてこのかた積み重ねた悪行で体の芯まで汚れています。まず、温泉に行きます。ちょっと遠いけど道後温泉がいいなと思っています。道後温泉は日本三古湯の一つで、他に有馬温泉と白浜温泉がありす。道後温泉の湯に浸って、体に染み込んだ悪いものを出せるだけ出してきます。そして、手頃な瀧を見つけて瀧行をして徹底的に身を清めようと思います。では、みなさん、行ってきます」

牛鬼は踵を返して、祈り山公園を出ていこうとする。

その背中に向かって、みんなから別れを惜しむ声が飛んでくる。

「達者でな」「体に気をつけるのよ」「元気でな」「早く帰ってこいよ」……

また牛鬼の目から涙が流れ落ちた。声を出したら泣いているのがばれてしまう。牛鬼は黙って祈り山公園から獣道へと姿を消した。

牛鬼は、後ろにいるみんなが自分のことを大事な仲間だと思ってくれていることを背中に強く感じながら修行の旅に出た。秋の爽やかな日差しが、道後温泉へと向かう牛鬼を優しく見守っている。あとは、どしんどしんと、どこか寂しげな足音がしている。

熊九は、自分まで寂しくなりそうになった。だから、わざとふざけた調子で言った。

「おい、みんな聞いたか。やつは道後温泉に行くんだってよ。豪勢じゃないか。おい、猪八、おまえも連れていってもらったらどうだ。

瀧行もすると言ってたな。これから冬に向かうというこの時季にだ。やめときな、そんなことをしたらおまえは風邪をひく。おまえの今の体力じゃあ、それをこじらせて肺炎になる。そしたらまた入院だ。俺はそんな世話はしたくないと言ってやりたかったが、やつの張り切った決心に水を差すと思ってやめた」

猿七が言った。

「湯上がりの猿酒はうまいだろうな。オレもやってみたい」

平五も言った。

「湯から上がってさっぱりしたところで、松茸入りのおにぎりを食ったら、さぞうまいだろうな」

猪八も負けていない。

「湯に浸したじゃがいもにバターを塗ったらうまいだろうな」

虎三も言った。

「なんたって温泉卵だ。卵を温泉の湯に入れて温泉卵で食ったらうまいに違いない」

おしまいに熊四がこう言って、送別会をお開きにした。

「それではみなさん、これからすぐに牛鬼さんを追い掛けましょう。道後温泉までマラソンよ」

完

あとがき

毎年十一月が近づいてくると、私は落ち着かなくなります。その頃になると、年賀はがきの発売が始まるからで、それは自らに課した翌年の干支の版画完成の期限になるからです。

もちろん、その前に干支の図案が決まっていなければなりません。また、完成した版画を年賀はがきに刷っただけでは余白の部分が目立ちます。そこに何か書かないと収まりがつきません。何を書いても構いません。詩でも短い文章でも俳句でも短歌でも狂歌でも何でも自由ですが、このような絵に添える一言も版画完成の期限までに決めておくことにしています。

ところで、私は遠い昔に定年退職していて、たいていが暇な日々です。用事といって胸を張れるのは、健康診断や定期的な検診を受けるために病院に行くことくらいです。この病院通いに、未だ細々と継続している仕事を加えても、一日拘束されることはせいぜい月に二日か三日くらいです。版画と、それに添える一言の期限は自らが決めたものですが、このような活動状態では、忙しいからとか用事があるからとかいう理由では破ることはできません。これに充てる時間は十分にあるからです。

しかし、いくら時間があっても面白い図案が思いつくわけではありません。また、まずまずと思える図案が思い浮かんでも、それを自分の力量で彫ることができなければ、未練がましく別の図案を考えなければなりません。だから、図案を考えるときに最も大事なことは、自分の技量で彫ることのできるものでなければならないということです。

干支の特徴だけを残し、あとは全て削ぎ落とします。対象の全体を描いてもいいし、部分を描いても構いません。ただし、線は極力単純にし、その干支らしさと可笑しみが出るように、頭の中でいくつかの図案を考えます。そしてその中から、自分の力で作成できるものを採用するようにしていますが、私はもともと図案を工夫したり彫刻したりすることが下手なため、この作業にはいつも難渋しています。

それに比べると、版画に添える一言は、干支に関わることやそのときの時世に合ったことを、少し捻って気の利いた表現ができればいいと思うと、少しは負担が軽くなります。幸い私は狂歌を詠むのは得意なほうです。しかし、得意だからといって毎年狂歌ばかりでは面白みがありません。

それで近頃では詩や散文を書くようにしています。詩や散文には特に形式の決まりはありませんから、書きやすそうに思えます。それで普通に書けばいいと思って始めると、最初からつまずいて何も書けません。詩や散文は、私には狂歌を詠むことより遙かに難しいです。

そのようなわけで、毎年十月頃から私のお尻に火をつけようと、版画とそれに添える一言の恐怖の期限が、赤々と燃えた松明を手に迫ってきます。もし、私のお尻に松明の火がつけられたら、この創作活動に最も大事な自主性が損なわれます。私は決然と迫りくる松明の火から尻を守ろうと、まだ遠くその火がやっと見えるうちから、長距離対応のホースから水を放出したり、強力な扇風機で強風を吹かせたりして、松明の火を消そうと躍起になります。今年はドローンを飛ばして上空から散水してやろうかな、などと考えています。

ところで、去年を振り返ってみると、弱い阪神タイガースが監督の唱えた「アレ」ということばの魔力で見事優勝し、大きなニュースになりました。それで何の迷いもなくアレと弱虎を年賀状に取り上げました。年賀状には単純化した龍の版画を刷り、それに次のような散文を添えました。

「朝夕　アレと唱えていると　勝運が開け　アレが龍の背に乗って　やってくる
そんな雲をつかむような　藁をもつかむような
つかみごたえのない言い伝えが　この村に残されている

摂津の国　弱虎村　民話　藁つかみより」

でも、こんな年賀状を受け取った人は、きっと困惑したことでしょう。首を傾げながら、弱虎は阪神タイガースで、アレは監督が唱えたことばだろうなと気づくくらいだろうと思います。

ところで、この球団は強いのか弱いのかということがよく話題になります。また、勝つことはあるが無駄な勝ち方が多いとか、勝つこともあるが負ける方が多いとか、負けるときは安心して見ていられるとか、ある年は開幕早々に連敗が続き、残りの大半の試合は消化試合だったなど、さまざまな声が聞こえてきます。このようにいろいろな声に耳を傾け、そして私情を挟まず判断すると、弱いということになります。

その弱いタイガースが優勝したのですから大変です。私も慌てました。

弱いままならいつものように平常心で安心して応援できます。でも優勝してしまったのです。すると、強いタイガースが常態化するのか、そのためには勝ち続けないといけないが、そんなことができるのかと、大変不安になります。このような心の状態では、テレビ中継を楽しむことはできません。スポーツニュースで結果を確かめることになるでしょう。

いきおい、タイガースには以前のように弱くなってほしい、弱いままでいてほしいと思ってしまいます。それは、負けている方が安心して応援できますし、応援し慣れているからです。そんな気持ちを込めて、また中途半端な年賀状の埋め合わせも兼ねて、この年賀状に書いた散文を誘い水にして、弱虎を中心に置いた物語を書こうと思ったわけです。

するると、「藁つかみ」と「黄金仮面と中華鍋」という二つのショートストーリーができました。ここには猪吉と熊半が登場しますが、別に特定の球団を意識したわけではありません。さらに、弱虎の虎三には弱いままでいてほしいと願い、テーマには、最弱の虎対最強の牛鬼という究極の対決を取り上げました。すると面白くなり夢中になって「牛鬼」というロングストーリーができました。

虎三の仲間は、虎三も含めて名前に三から九までの数字がついた七人です。ここまでくると、私が何を言いたいのか、もうおわかりでしょう。そうです、あと一と二の名前がついた二人が加わると、野球チームが編成できる九人になります。

では、なぜ一と二の名前がついた人がいないのか。これには深いわけがあるのですが、この本を読んでくださったらおわかりのはずだ、と思います。

酒菜亭　強太郎

著者プロフィール
酒菜亭　強太郎（さかなで　したろう）
昭和20年　兵庫県神戸市に生まれる
昭和33年　神戸市立摩耶小学校卒業
昭和36年　神戸市立上野中学校卒業
昭和39年　兵庫県立神戸高校卒業
昭和43年　大阪大学工学部応用物理学科卒業
昭和43年　（株）小松製作所入社
平成11年　（株）小松製作所退職
埼玉県在住
著書に『世都弥とジイのバカメール』（文芸社　2011年）、『ゴルフ狂歌』（文芸社　2015年）がある

弱虎

2024年11月15日　初版第１刷発行

著　者　酒菜亭 強太郎
発行者　瓜谷 綱延
発行所　株式会社文芸社
〒160-0022　東京都新宿区新宿１－10－１
電話　03-5369-3060（代表）
03-5369-2299（販売）

印刷所　株式会社暁印刷

ISBN978-4-286-25828-7　JASRAC 出 2405247 － 401